U0667604

悦讀紀 | 文化品位
ENJOY READING ERA | 优雅生活

Romance needs to be
revealed

浪漫需要揭穿

怪物不二 著

青岛出版社
QINGDAOCHUBANSHE

图书在版编目（ＣＩＰ）数据

浪漫需要揭穿 ／ 怪物不二著. -- 青岛 ： 青岛出版
社，2016.5

ISBN 978-7-5552-3770-9

Ⅰ. ①浪… Ⅱ. ①怪… Ⅲ. ①散文集－中国－当代
Ⅳ. ①I267

中国版本图书馆CIP数据核字(2016)第079117号

书　　名	浪漫需要揭穿
著　　者	怪物不二
出版发行	青岛出版社
社　　址	青岛市海尔路182号（266061）
本社网址	http://www.qdpub.com
邮购电话	010-85787680-8015　13335059110
	0532-85814750（传真）　0532-68068026
责任编辑	那　耘
选题策划	孙红彦
封面设计	林　丽
版式设计	孙顾芳
印　　刷	三河市南阳印刷有限公司
出版日期	2016年5月第1版　　2016年5月第1次印刷
开　　本	32开（880mm×1230mm）
印　　张	8.5
字　　数	121千
书　　号	ISBN 978-7-5552-3770-9
定　　价	35.00元

编校质量、盗版监督服务电话　4006532017
青岛版图书售后如发现质量问题，请寄回青岛出版社出版印务部调换。
电话：010-85787680-8015　0532-68068638

Romance needs to be
revealed

浪漫
需要揭穿

目录 CONTENTS

第一章【这世界不浪漫】

Romance needs to be revealed

浪漫
需要揭穿

目录 CONTENTS

Romance needs to be revealed

浪漫 需要揭穿

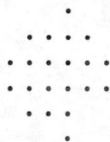

第三章【治好你的"不浪漫"】

【后记】

Romance needs to be revealed

*Romance needs to be
revealed*

第一章

【这世界不浪漫】

浪　漫　需　要　揭　穿

01 陪伴可能只是最长情的解闷

　　小玉有段时间非常爱吃面，下了班老是去我们学校附近的一间面馆，点青菜油渣面，加个蛋。我不爱吃，坐她对面看着她。她整张脸淹没在一团白色的热气里，专注地吸溜吸溜。我申请："我能不能去隔壁点个炒饭吃吃？"小玉说："不成，陪伴是最长情的告白，你懂不懂？"

　　我跟小玉有好几年的交情，我们两个又都是女孩子，完全不用牵扯到这句话。她故意这么说，是为了强调所有感情都应当以"相伴"为重。管他友情爱情亲情，不在身边那就什么都不行。她读大学时曾经交到个异地相恋的男朋友，二人十分般配，站在一起是一对璧人，可没多久就分开了。小玉提出的原因就是不能接受精神上一直处于长时间的想念，实际上却不能相伴身边。

　　很快有人接替我来陪伴小玉吃青菜油渣面。那是小玉曾经的同门师兄，又是老乡，名字叫阿俊。他们在大学期间就很谈得来，于是一直联系未断。如果耐心地梳理一下小玉与阿俊学长所使用的联络工具，说不定可以写出一篇探讨中国通信网络发展的小论文。从短信、飞信、QQ，再到微信，两个人各种即时通信方式都试验了一遭，长时间地聊天，乐此不疲。阿俊学长说最近有部电影新上映，反响很不错的。小玉就说，那不如一起去看看吧。小玉说听说附近新开了家咖啡馆，环境很好。阿俊学长就说，那就一起去坐坐啊。所以现在小玉说，我觉得一家面馆的青菜油渣面特别好吃。阿俊学长就说那一起去吃啊，我刚好最喜欢吃西红柿鸡蛋面了。

我以为阿俊学长跟小玉已经走到了一起，只是两人浑然不觉。也许年轻的我们，大部分的时间都在幻想过分美丽的爱情。这里面包括：浪漫地不期而遇，浪漫地彼此相知，浪漫地相互告白，而后爱得死去活来，相互挟持着，决绝地选择分手，或是走进婚姻殿堂。而最平凡简单的感情反倒容易被忽略。人总是对幻想出来的东西抱有超乎想象的执念，对已经拥有的东西毫不在意。这是人之常情。就好像小玉可以时时把"陪伴是最长情的告白"挂在嘴边，可是看起来却从未思考过究竟是谁总愿意那样默默陪在她的身边。这是我个人的想法。

一天傍晚，我回学校的路上经过那家面馆，忍不住探头进去看，果然看见小玉跟阿俊学长两个人正在门口的木桌旁相对而坐。一片雾气里小玉专注地吸溜吸溜，学长像是在给她讲述什么有意思的事情，双手比比画画，样子很夸张。小玉心满意足地咽下嘴里的面条，抬头看他一眼，扑哧一下子笑了。看到这场景的我也忍不住想笑。看起来他们是非常幸福的一对，恐怕只是两个人还没有把话说开罢了。

不久之后的朋友聚会上，大家不约而同地把话题聚焦在恋爱方面。小玉一直在旁边笑嘻嘻地听着，什么也不多说。过了一会儿她就起身要走，说自己要去看美术展，下次再聚。

一个朋友忍不住问："是上次你约我陪你去看的那个美术展吗？你约到别人了？"

小玉撇撇嘴，说："还不是你不肯陪我，问了一圈，你们个个都没兴趣，只好让阿俊学长陪我去了。"

另一个朋友也开口，说："前天晚上想约你一起看电影，你说在陪人打游戏，也是那个阿俊学长？"

小玉说："对啊，他陪陪我，我陪陪他，相当于礼尚往来嘛。"

朋友们都发出了一阵哄笑声，大家说："还礼尚往来什么呀，做什么都互相陪，你们两个都要离不开对方了。"

这会儿小玉的脸有点红了，她红着脸笑着说："你们不要胡说，我们更像是搭档，毕竟有些事一个人做起来怪怪的。"

我们看她有些不好意思，也就不再说了。门口出现了阿俊学长的身影，他探身进来礼貌地对我们点了点头。小玉就起身跟我们道别了。我们看着她走向学长，两个人一同向前走去，姿态很亲密。还有个姑娘冲动地说："要是能遇见这么一个什么都愿意陪着我去的人，我早就嫁了！"大家又忍不住笑了起来。

一天，小玉很严肃地跑来问我，是不是朋友们都以为她跟阿俊学长已经成了一对？我坦然地回答说："大家只是认为你们很适合成为一对，毕竟你们总是在一起成对出现，当然这种想法出自好意。"小玉听了之后沉默了。我就借机问她："对阿俊学长感觉怎么样？如果两个人对彼此都有好感，为什么不试一试在一起？"

小玉流露出困惑的神情，她说，其实她自己也想不明白，学长究竟为什么愿意陪着她做那么多事。一起吃饭，一起看电影、画展，一起爬山，一起跑步，有时候还陪她一起逛街。即便在两个人不在一起的时候，也是互发消息，早安晚安，从不间断。从某种形式上说，他们的确是一直处于相互陪伴的状态下。也因为这种状态，小玉感到非常安心。特别是每当小玉感到无聊的时候，只要发消息告诉学长自己无聊了，学长就会打来电话，对小玉说，你不是无聊吗？那么我来陪你聊天吧。

对我来说，这已经算是足够浪漫的陪伴，套用小玉的理论，也就是浪漫而又长情的告白了。只是为什么两个人都对爱情的话题避而不谈，这有些让人费解。或许是他们担心分手后连朋友也没得做，或许是他们以为自己在表演偶像剧《我可能不会爱你》。总之我不得不对小玉循循善诱："你想想看，他为什么偏偏想要陪你吃饭看电影呢？他为什么偏偏愿意陪你聊天给你解闷呢？他一个大男人，为什么偏偏愿意陪你逛街呢？"

小玉不好意思地告诉我，其实她也怀疑过，阿俊学长应该是对自己有好感的，不然也不会每次自己叫他，他都刚好有空。只是这么长的时间过去，学长没有女朋友，自己也没有男朋友，感情处于一个离奇的僵局里。学长不开口，小玉就只能一直猜测下去，一边猜测一边等待，这种感觉也是很焦灼的。

大概是因为自己曾经也有过类似的体验，我对于这种感觉非常理解，同时也非常厌烦。所以我改变了自己的想法。我以为一直揣测对方对自己有没有意思这件事本身是很没有意思的。最重要的应该是看清楚自己对对方有没有意思，如果有，不妨去大方接近。行就行，不行就算了。这样也显得坦荡一些。我把这套理论说给小玉听，小玉一面说着"受教"了，一面若有所思。

一个月后，小玉在公司里参与制作的一个项目获得了很大成功，朋友们约好要给小玉庆祝。有个人提议策划庆祝活动的时候应该把阿俊学长也叫进来，说不定在那样热烈的氛围下，两个人的感情能够向前迈进一大步。由此，跟学长很熟的阿正就成为我们的联络员。阿正是个很直接的人，他去找学长聊这件事的时间不超过十分钟，很快败兴而归。我们问他怎么回事，他说学长比他还直接，非常直接地说："你们要给小玉庆祝，这跟我没关系吧？"

阿正笑嘻嘻地对学长说："你跟小玉关系很好，我们都知道，大家一起玩很有意思，你也来参加吧。如果你来，小玉会非常高兴的。"

学长说："嗨，你们想太多了，就因为看到我总是跟小玉一起吃饭之类的，就想撮合我们两个了？"

阿正尴尬地说："没，没有，只是看你们关系很亲近……"

学长拍了拍阿正的肩膀，说："我们只是吃饭搭子、电影搭子，无聊的时候相互解闷的搭子，你们别多想了。"

然后学长就走了，风轻云淡地走开，没挥衣袖，但是带走了大部分的云彩。把跟恋情有关的粉红色的云彩统统带走了。剩下的青天白日，晃得阿正有点晕。阿正说，他作为一个直男，自以为智商、情商没有任何问题，但是听到学长的这番话还是非常震惊的。居然会有人把一种关系直接用"搭子"这个词来形容，略去一切情感连带，把自身彻底撇清。

听了阿正的描述之后，我们都陷入一种惶恐之中。这种惶恐来自对"陪伴是最长情的告白"这句暖心鸡汤的彻底颠覆。而后我们又感到了歉意，感到大家自作主张，太过多事了，不知道会不会给小玉带来困扰。不管怎么说，那天的庆祝活动照常举行。小玉跟大家一起玩得非常尽兴。快散席前，阿正忍不住问小玉："阿俊学长有没有要给你庆祝啊？"小玉说："噢，他给我发了消息，表示祝贺呢。"大家面面相觑，还是忍不住把去邀约阿俊学长跟我们一起庆祝的事情全盘托出了，不过只是说到学长拒绝，而后的东西没再说了。说的时候大家都心惊胆战，又很愧疚。小玉听了之后并没有生气，反倒笑着说："这也很正常啊，毕竟我跟他的关系并没有好到那个程度啊！"

散席后，我跟小玉两个人一起走在回去的路上。小玉对我说："阿俊学长调职了，要到另外一座城市去上班，不过职位有所上升，是好事。"她说这话的时候，神情非常自然，是发自心底地为学长高兴。我问："以后没有学长陪你做很多事了，你会不会很闷？"小玉想了想，说："肯定会有点不适应，不过我还有很多其他的朋友啊，或者我可以自己去做一些事。"

我嗯了一声，接下来就没再说什么了。

小玉停下脚步看着我，她笑嘻嘻地说："我知道你想要问什么，有关我跟学长之间的情感问题对吗？其实上次你跟我聊过之后，我也决定早点认清自己内心的想法，结果我扪心自问了一下，忽然发觉，原来我对于阿俊学长，并没有任何特殊的情感。"

我惊讶地瞪大了眼睛。

小玉很平静地说："我发现，他能够陪我去做一些事情我很感激，但如果他所处的位置上换成另外的人，我一样会非常高兴。甚至如果是换成像你们这样，跟我感情更亲密的朋友，我会更加高兴。大部分的时候，我跟学长一起去做什么，更像是吃饭的时候拼单，甜筒第二个半价的时候互惠，没有其他意图。"

我暗暗惊讶于小玉跟学长两个人对于彼此关系定位上的不谋而合。小玉又说："我感到无聊的时候，学长陪我聊天，是因为那时候他也感到无聊，所以说白了，我们只是在相互解闷罢了。"

我忍不住说："可是你一直讲，陪伴是最长情的告白……"

小玉笑了笑，说："可是现在我才明白，有时候陪伴无非是一种解闷罢了，所以在想着这是不是真情的告白之前，先弄清楚究竟这是不是排他性的陪伴吧。"

后来阿俊学长调走了，他还是时不时跟小玉聊天，只是频率大大降低。再后来他告诉小玉说自己遇到了个心仪的女生，从此跟小玉的联络就变得淡淡的了。小玉除了跟我们这群老朋友聚会，也在新公司里认识了许多新朋友。她对我说，渐渐发觉自己是太过于热衷陪伴的人，喜欢身边有人陪伴自己，也喜欢去陪伴别人。而我想，只要她能够把握好分寸，这也算是一件暖心的美德了。

从小玉这件事后，我开始不相信陪伴一定等于告白这件事。我身边也有其他朋友，他们有自己的吃饭搭档、电影搭档，且很多都是异性。类似的交往的确催生出了一些浪漫爱情故事，然而更多的是大家止步于这种"搭子"的关系，更加轻松自如地相处着。也许再多浪漫纯洁的幻想都抵不过一句"生活寂寞，需要解闷"，只是每个人寻找解闷的方式大有不同。我想，只要能够坚持自己的原则，注意界限，做到不伤害别人，不妨碍别人的幸福，也不玩弄别人的情感，那么能够互相陪伴一下，也是一件值得高兴的事了。

不是每个人都会依靠别人来给自己解闷。我很佩服一些人，他们能够自己给予自己足够多的乐趣，在情感交流方面非常慎重，既能独善其身，也能关照他人。把感情和时间都放在自己真正想要珍重的人身上去，那样的生活一定很美。只是等待那个有情有义，值得用一生相伴的人出现，大概都要经历不短的时间。这种等待是不浪漫的，期间必然有孤独、厌倦、绝望等一系列负面情绪，可是当那个人出现时，会发现一切都是值得的。

不要无形之中成为别人解闷的工具。我后来这样对几个女生朋友说。如果不能相互解闷，那么还是把关系淡出比较好，不然肯定会有一个认真的人受伤的。谁说的认真你就输了，现在最珍贵的不就是认真的人吗？

02　表白party即是背叛

我时常好奇，在人前进行一场盛大的情感告白，那究竟会是什么感受？

曾经班上有个男孩子对我有点好感，总是找机会单独跟我走在一起，对我也很关照。他对我说起过这件事，但也仅仅是"说起"而已，我们并未有接下来的发展。对我来说，被人青睐是件好事情，我心里非常感动。然而没有想到的是，他似乎很害怕别人发现他对我的好感。每当有人问起来，甚至仅仅是一两句玩笑，他也会气愤地不住辩解。有一次我听见他气急败坏地对人说："我怎么会喜欢她呢？！像她那样的女生……"后面自然是一些负面的评价了。这让我不免有点难堪。也许他之所以有这些反应，有着多种多样的原因，只是当时我的第一印象就是，喜欢我，对他来说是一件丢人的事情。

于是好了，这不再是一件好事情，这变成了对我的伤害。在很长一段时间里我都抬不起头来。那时候看到电视剧里男主角当着所有人的面向女主角求爱，我就立刻被感动得一塌糊涂。因为在我看来，这种大庭广众之下的表白，代表着一种勇气与承认。换言之，就是愿意向所有人宣告，"我愿意跟你在一起，不在意别人的看法"。这种不顾一切，甚至甘与全世界为敌的浪漫主义思想侵袭了我，我想象着自己何时也能经历一次惊天动地的表白party才好。无论我是表白者，还是被表白者，这都将成为我的美梦。

目前这个美梦并没有实现，但我却有些庆幸，因为我作为旁观者，已经有幸观摩到了几次当众的表白。这其中有人精心准备，排场巨大；也有人是情之所至，忘乎所以。但我所目睹的这些，似乎都没有得到特别美好的收效。

卓卓就是其中之一。卓卓是个洒脱自如的人，朋友又多人又爽快，仰慕她的男生不少，可是有勇气采取行动的人不多。卓卓很明确地表示过，她喜欢谁就跟谁在一起，绝不端着。如果她对谁没意思，那也就是没戏，就算别人怎么使劲儿追她，其结果也必然是三个字"呵呵哒"。我很佩服卓卓这样乐于在情感交流中占据主导地位的行事风格，但也难免为她的爱慕者们暗暗捏一把汗，特别是阿湛。

　　阿湛跟卓卓是邻居，也是同事。两个人供职同一家公司里的不同部门，楼上楼下，亲如一家。卓卓说起阿湛来，总是赞不绝口，说他人很靠谱，还风趣幽默。有次我们在一起玩到很晚的时候，搭不到车，阿湛就来接我们。他果然亲和力强，也很有风度，大家对他印象都不赖。可我看阿湛对卓卓的关照是独一份的，猜出了他的几分心意。后来分别的时候有女孩说笑着问阿湛有没有女朋友，阿湛没作声，看了卓卓一眼，卓卓嘻嘻笑着说没有哦，你们觉得合适的要赶快下手啊！

　　卓卓就是这样。对待恋爱这回事，她总是乐于号召别人多去尝试，多去享受，宁可错爱三千，也别放过一个。轮到她自己身上，也是如此。我没见她瞻前顾后过，遇见有感觉的，总是大大方方走上前去。阿湛就在她身边，她根本不用走，但是两人止步于"朋友"，问题的本质就很明显，那就是卓卓对阿湛不来电。

　　卓卓一向坦白，她告诉我，自己完全知道阿湛的意思，这也让她苦恼。我问卓卓，阿湛有没有对她表白过。卓卓说并没有。她说有几次阿湛有点那方面的意思，但是都被她巧妙地绕了过去。她不愿意把两个人的关系搞得很尴尬，所以一直没有说破。不过这始终是个隐患，卓卓严肃地告诉我，她正在考虑怎么让阿湛彻底死心。此前她已经刻意说起过一些信息，向阿湛暗示自己更喜欢另一种类型的男生，也尝试暗示他自己最近没有恋爱的打算，等等。可惜阿湛有些一根筋，简直油盐不进，对这些信息背后的含义压根就没有接收到。"如果他想要从你那里曲线救国地打探我的情况，你一定劝他死心！"卓卓这样对我说。

卓卓的猜测是正确的，阿湛果然打算曲线救国，然而他并没有选择我这条路径，而是转向了另一个姑娘。这位姑娘跟卓卓并不算太熟悉，跟我们一起玩过两次，可是为人很热情。阿湛向这位姑娘询问卓卓的情感状况，也表达了自己对卓卓的好感，这可触及了姑娘的兴奋神经。她当即表示自己很确定卓卓目前单身，再加上被阿湛的一片赤诚之心打动，她又当即表示自己支持阿湛去追求卓卓，并且愿意对阿湛施以援手。阿湛十分感动。也就是在这种感动之中，一个盛大的"表白party"正徐徐向我们走来。

事情发生在一个平淡无奇的周末晚上。那天我接到了热心姑娘的电话，她说大家要一起给卓卓一个惊喜，要我负责把卓卓约出来，并且带到一个小广场上去。我好奇地问惊喜是什么，被告知为了保证"惊喜效果"，我作为卓卓的"亲信"也必须蒙在鼓里。当时我就有种不好的预感，因为卓卓一向不喜欢搞这些事。但不好推辞，我还是按照他们的要求致电卓卓，表示自己十分寂寞无聊，急需请她吃点羊肉串来排解这种心情。卓卓欣然出门与我相会，我俩向着小广场进发。路上我忍不住问卓卓，今天是什么特殊的日子吗？某种纪念日，还是某种节日之类的？

卓卓不耐烦地玩着手机，说今天只是平凡的一天。

我们到达小广场的时候，就发现情况不是很好，羊肉串师傅并没有出摊儿，广场舞大军倒是又多了一支队伍。而在广场舞大军的对面，赫然出现了用蜡烛摆成的一个"心"，"心"之中站着一个黑黢黢的人影，显然是阿湛。卓卓看了我一眼，问："什么情况？"我还没来得及表明自己的清白，热心姑娘已经冲了上来，和另外两个姑娘一起，扯着卓卓就向那个"心"走去。卓卓回头深深地看了我一眼，我仿佛能从中读出两个字："叛徒"。

背景音乐响起了，也不知道是谁选择的《今天我要嫁给你》。卓卓尴尬地挣扎着，好像要被在大庭广众下批斗。阿湛手捧鲜花，站在"心"中，深情款款地开始表白。

春暖的花开带走冬天的感伤，微风吹来浪漫的气息。阿湛说："卓卓，自从我第一次见到你，我就被你的美丽与善良打动。后来经过相处，我发觉我们三观一致，非常合适……"

手牵手跟我一起走，创造幸福的生活，昨天你来不及，明天就会可惜，今天嫁给我好吗。阿湛说："卓卓，今天我鼓起勇气，想要对你说出我的心意，你愿意……"

"不愿意。"卓卓干脆地说。她满怀遗憾地看着地上已经灭得七七八八的蜡烛，然后对阿湛说："谢谢你今天的准备，但是我觉得我们之间并不合适。"然后她转身就跑了，飞快地跑，速度直逼她在学校里参加八百米测试时候的速度。当她跑到我跟前的时候，她深深地看了我一眼。我仿佛又从中读出了三个字："跟我跑"。

我跟卓卓离开了那个惨不忍睹的现场，走街串巷，找了个别处的小摊儿吃羊肉串。卓卓说刚刚的一切太可怕了，她必须多吃几串肉压压惊。不得不说，这个大庭广众下的表白虽然排场并不太大，但也引起了不少人的关注，附近锻炼身体的大爷大妈可都围了过来，还爆发出了掌声。

我问卓卓什么感觉，卓卓说感觉很复杂，一方面尴尬、难堪，觉得自己成了一个笑话；另一方面又觉得有点气愤，打着给她惊喜的旗号，其实并没有在意她的感受，更像是一场"秀"。她强调说，觉得自己被阿湛背叛了！她把阿湛当作好朋友，也对他说起过自己的爱情观，以为他会理解自己，没想到他还会把自己逼到如此境地。这种一厢情愿、迫使她产生愧疚的、近乎绑架式的行为，不是作为朋友的背叛是什么？这么一想，她简直要气炸了。

在我看来，卓卓尽力了。一直以来她并没有故意给阿湛任何错误的信息，甚至还明里暗里地告诉他，自己对他没有那方面的意思。阿湛没能领会，还想放手一搏，这些都可以理解。只是他为何会把自己对卓卓的了解抛诸脑后，选择了这样一种卓卓不喜欢的方式来进行告白，其间原因不得而知了。我想他也许是想把对卓卓的这份感情昭告天下，让所有旁观者为他做证，从这一点来看，还是勇气可嘉的。

但是从另一方面来说，他确实忽略了卓卓的感受，没有考虑过她可能会感到不舒服，感到尴尬、歉疚。这样一来，这场事关两人感情的告白，就硬生生变成了一个人的"独角戏"，更变成了一场"秀"。尽管我跟着卓卓快速地逃离了现场，但当时旁观者们对阿湛的喝彩，和对拒绝了告白的卓卓所表示出的嘘声，还是形成了巨大的反差。外人们会很平面化地把阿湛看作一个痴心不改的好男人，而把卓卓看作"冷漠"的代名词。这样被冠以一个罪名，也实在是令人痛苦。

我们吃完了羊肉串，卓卓主动给阿湛打了电话，想要再跟他谈一谈整件事情。然而对方直接拒接了卓卓的电话，倒是那位热心姑娘给卓卓发来了消息。在信息中，她丝毫不掩饰自己对卓卓的"失望"，说卓卓太过任性，完全没有看到阿湛为她付出的一切。她还指责卓卓不懂得如何去维护一个男人的面子，让阿湛大受打击。卓卓看了信息后火冒三丈，直接回复："男人有面子，难道我就没有面子吗？不考虑我的感受就自作主张，犯这样的错误，还哪儿来的优越感？"

很显然，热心姑娘已经加入了阿湛的阵营之中，很难从卓卓的角度出发去审视整件事情了。而我自己，也一直站在卓卓的立场上，恐怕对阿湛的心路历程也不了解。只是这件事让我意识到，表白party并不都是代表着惊喜和幸福，它很可能也给人带来伤害，甚至真的绑架一个人。

没过多久，一个同校的小师妹也有了跟卓卓类似的遭遇。只是追求她的那个男孩子，为这场告白花费了更多的财力、物力跟精力，排场巨大，有烟花，有蛋糕，还有巨大的玩具熊，引来围观者无数。小师妹答应了他，一时传为佳话。我去表达贺喜之意，不料师妹却尴尬地告诉我，她并不喜欢那个男孩子，也很想拒绝他。只是他对她说，自己为了这件事花了很多钱，让师妹务必给他这个面子，不然他就要退学。再加上看热闹不嫌事大的人们又一波接一波地喊着"答应他"，师妹只好暂且点了头，现在正想着怎么干脆地跟他分手。

这事真是听得我哭笑不得。我说给卓卓听，卓卓再度火冒三丈，她对我说："你看见了吗？表白party就是背叛，所有真正的两情相悦都是私下里亲密无间，水到渠成的，哪里用得着这些没用的形式啊？"

我仔细想了想，非常赞同。

也许再美好的感情，也终归是私人的事情，当成一场表演来给别人看，那很容易就会变味了。

我不再期待这样的party了。

03　被仪式感拖垮的爱情长跑

　　我有一个好朋友叫阿朱，女硕士，未来很可能成为女博士。因为目前单身，逢年过节她总要接受来自亲戚们的轮番轰炸。例如"现在还不嫁，很快就要成为剩女啦"的言论比比皆是，恨得阿朱在心里默默咬牙。侧面来讲，造成阿朱被围攻的窘境的一个重要因素，来源于阿朱的堂姐，在这里暂且忽略辈分的关系，我们就叫她阿紫。

　　阿紫大我们五岁，在银行工作。她来学校看望阿朱的时候，碰巧我也在旁边，所以跟她见过几次面，是个温柔和气的姐姐。阿朱告诉我，阿紫有个论及婚嫁的模范男友，两人感情稳定，很快就准备订婚。正因为堂姐的婚姻大事早早就定了下来，家长们才把阿朱作为重点关注对象，让阿朱苦不堪言，恨不得租个男友回家过年，瞒天过海，让自己落得一个清静。

阿紫听了这话哈哈笑出声来，说："不至于不至于，感情这种事急什么？"阿朱说："姐，你这是站着说话不腰疼。"阿紫说："啧啧啧，你才是站着说话不腰疼呢。"

　　那时候我跟阿朱两个人都没能听出这句话里的弦外之音，只是醉心于阿紫跟她男友两个人浪漫的爱情故事。从大学一年级到工作以后，两个人已经进行了十年的爱情长跑。这段长跑不仅跨越了双方的学生时代，也包括了男友去国外留学深造的三年，以及归国后在外地工作的两年多时间。直到不久前，两个人一起确定了在本地的工作，买房、结婚等一系列事情才正式提上日程。

　　十年啊，那可是十年。阿朱对我感叹，忍不住背诵起纳兰性德的词"背灯和月就花阴，已是十年踪迹十年心"。十年可以改变很多东西，一个人的成长可以获得质的飞跃。这两人的恋爱经受住了时间维度的考验，听起来就令人艳羡。我很期待阿紫讲述一下自己的爱情故事，然而她似乎没什么兴趣，倒是一直要我们讲学校里的生活，反复感叹如果有机会，自己一定要重回校园。

　　还是阿朱了解我，知道我的好奇心，把阿紫的爱情长跑描述给我听。男友跟阿紫是高中同学，高考之后的假期里，两个人在同一家公司里打工，彼此相投，才确定了恋爱关系。让人高兴的是，两人所报考的大学也正是同一所。因此从一入学开始，这一对甜蜜的情侣就收获了无数羡慕的目光。

男友性格很开朗，从不掩饰对阿紫的感情。他们一起加入了戏剧社，入社第一天，新成员都要谈一谈自己的入社理由。阿紫先发言，说了自己对戏剧的热爱。接下来男友发言，他干脆地说："我加入这个社团是因为我女朋友想加入。"这句话赢来一片惊呼，也一时间传为佳话。那段时间他们形影不离，好像再没什么能把他们分开。

大三那年的暑假，男友把阿紫带回家介绍给父母认识。随后阿紫也把男友带回了家。阿朱也在场，对当时的场景记忆犹新。她说眼看着堂姐甜蜜的表情，还在读中学的她简直羡慕得发狂，甚至产生了一种"上了大学我一定也能找到男朋友"的错觉。她对阿紫男友的印象也很不错，觉得他个子高高的，皮肤有些黑，可是笑起来很阳光帅气，言谈也很幽默。双方的父母都很认可这段恋情，他们这一对就已经比世界上的大部分情侣幸运了。

那时候两个人就开始计划未来的婚礼，还偷偷去看过房子。阿朱私下里对阿紫说，一定要让自己做伴娘。阿紫笑着点头。姐妹两个都对婚礼充满期待。可没想到，大四上学期，男友的父亲忽然要求男友出国镀金。这一变数直接导致了两人婚礼的延后。不过延后有什么关系呢？毕竟有个成语叫作"好事多磨"。

没想到一磨就是将近六年。因为男友要去法国，他先在国内的语言学校读了一年预科，此后才挥别祖国，远赴重洋。从那一年的预科开始，阿紫就与男友分隔两地。她想要尽可能多地赶去外地陪伴男友，奈何银行的工作性质，时常令她难以脱身。仰赖飞速发展的新媒体技术，两人得以随时随地聊天、视频，好像就在彼此身边一样。阿紫虽然在一些时候感到思念成疾，不过还是忍耐住了这种痛苦。毕竟分离是为了更好地重聚。凭借这种信念，阿紫撑到了男友远赴法国那一天。

　　他们在机场分别，同时还有男友的父母。毕竟有家长在场，阿紫的情绪有一半要咽回肚子里，虽然努力微笑作别，但还是忍不住流下眼泪。这悲伤中既有不舍，又有担忧。空间上的距离其实很难跨越，阿紫很害怕两个人的感情变淡，或是遭遇某种打击。男友的内心恐怕也同样忐忑。但不管怎么样，眼前的路总要走下去的，或许这就是人生。

　　男友在法国读书的两年时间里，只回国探亲了一次，而且只有一个月的时间。他课业很繁忙，再加上参加了诸多活动，生活十分丰富多彩。阿紫在银行里，每天面对着重复性的工作，感到疲惫而无奈。她也曾想过，不如回到学校深造，可是工作刚有起色，做不到全盘放下说走就走，于是也就这么挨下来了。她跟男友还是尽可能多地视频聊天，向对方描述自己生活的每一个细节，就像陪伴着彼此一样。

　　可这其中也有一些难以逾越的问题。比如男友结识的新朋友们阿紫一个也不认识，而阿紫在工作方面的问题男友根本一窍不通。有段时间里两个人时常谈着谈着就冷场，不知道该怎么进行下去。阿紫为此很伤心，偷偷哭过几次。她能够感觉得到男友也一样失望，也在尽力挽回。这种彼此相同的无力感最让阿紫恐惧。

让阿紫坚持下去的决定性力量是来自各方朋友的支持跟劝导。大家反复对阿紫说，都在一起这么多年了，总会遇到些问题的。两个人要过一辈子，怎么可能永远都有说不完的话？碰到一丁点小事就动摇，这样简直有愧于"爱情"这两个字。阿紫被说服了，感到坚守下去的信心又被找回来了一些。她调整了一下心态，主动给男友发了消息，语气上注入了全新的热情与活泼。男友也感受到了，不知道他是否也有类似的心路历程，他也用同样的热情来回应。两个人虽然还是感觉聊天之中有一些壁垒，但情感毕竟已经到位了。这或许就已经够了。

两年的时间过去，男友回国。本以为两人终于可以相聚，不料男友却获得了一个去上海工作的宝贵机会。男友跟阿紫商量，这个公司一直是男友内心向往着的，他很想去。他向阿紫表示，自己先在上海工作一段时间，再寻找合适的调动机会。他也希望阿紫看一看，能不能来上海。这看起来是个不错的提议，但这样两个人又有一段时间不能在一起了。阿紫心里有不少抱怨，私下里对阿朱提起。这时候阿朱已经成熟了一些，也看过了不少分分合合的爱情故事，就劝阿紫，说已经异地了三年，也不在乎再多等这一小段时间。不过这时候倒是两个人的"七年之痒"阶段，阿朱就问阿紫，两个人的感情还好吗？阿紫说挺好的。不过也没细说了，似乎她能说出来的就是"挺好的"。

一晃又是两年多的时间过去。这段日子里，阿紫去了几次上海，男友也回来过几次。两个人相处的时间都不太长，可已经俨如"老夫老妻"一般。亲友都催，说两人一直这样分隔两地终究不是个办法，年纪也不小了，应该尽快把婚事办了。尽管阿紫并不为结婚的事情着急，但家长显然已经急了起来。对此，阿朱点评："在一部分老人眼中，结婚生子都是有一定年龄区间的，一旦你不在这个区间内完成这些任务，他们就会认为你不正常。"阿紫有些被催得烦了。男友也被自己的父母催得很烦，刚好有分公司建成，他抓住这个机会调回到本市工作。这样两个家庭都松了一口气。

男友回来后，刚刚安顿下来，有关结婚的事情就立刻提上了日程。男友也没有正式求婚，阿紫也没觉得有什么不妥。好像这回事他们老早就已经确定下来了，没想到晚了这么久才开始真正实现，简直就是心理学上所说的"欲望的延迟实现"。延迟实现会让人的愉悦感减半。阿紫对阿朱说，她对婚礼明显没有以前那么期待了。也可能是年龄越增长，她变得越来越淡定。这种淡定有时候也让她害怕。她开始频繁地来学校看阿朱，似乎很喜欢待在校园里，总说这才是她想要的生活。

阿朱说："姐，你完全可以在结婚后再申请读一个硕士学位。"阿紫含糊地答应了两声。后来才知道原来父母都希望她结了婚之后能够尽快生宝宝，这方面的压力实在不小，有点让阿紫害怕了。她跟阿朱说："越是临近订婚仪式，我越是心慌。"阿朱不明白：为什么非要先订婚再结婚？像他们这样笃定的婚姻，为什么不直接结婚？还省掉一个仪式。其实这也是阿紫的一个困惑，她说这是男友执意要求的，一定要先"订婚"。说到这里她不免有些犹疑，很显然，她在猜测，男友是否对婚姻产生了恐惧或是动摇？

我对阿紫跟男友的爱情故事大概就了解这些。后来有很长一段时间阿紫没有再来学校。我跟阿朱的谈话内容又变回了枯燥的学术理论或娱乐八卦。直到放了个小长假，阿朱再度参加亲属聚会才知道，阿紫的婚事出了变故。

这个变故并不小。但阿紫宣布出来的时候，却显得分外风轻云淡。她就言简意赅地表示，她跟男友分手了，所以有关订婚、结婚的事情就请大家不用费心了。话音落后，足足有几分钟，大家都目瞪口呆，说不出话来。阿朱更是惊讶万分，阿紫连她也没有告诉。趁着大家还没回过神来的时候，阿朱拉起阿紫躲进厨房里，问她究竟是怎么回事。阿紫苦笑了一声说："我就知道你们的反应一定会是像天塌了一样，其实没什么，只是我想放手了。"

　　那天，阿紫面对着家长们的轮番盘问，以一当十，成功突围，晚上才单独面对阿朱，给她讲明事情的来龙去脉。

　　其实对于这桩婚事，阿紫内心一直充满困惑。她说反观这十年来的爱情长跑，她真正感到自己在恋爱的，也只有大学校园里那四年而已。此后，她跟男友一直在完全不同的轨道上生活着，根本没有什么交集，也很难相互理解。这种差异的鸿沟越来越大，直接表现为两个人的沟通出现问题，深层次表现为两人开始对彼此的情感交流提不起兴趣。阿紫这些年来经历的快乐跟痛苦，男友都不能感同身受。同样，男友经历的全部重要时刻，她也未能身临其境。更加可怕的是，不同生活环境下的几年里，两个人都成长了，脾气秉性跟生活习惯都发生了一些变化。两人虽然表现得彼此熟悉，仿佛老夫老妻，实际上就像陌生人一样。换句话说，不得不承认，他们的感情已经淡了。

　　更让阿紫感到后悔的是，一直以来，她似乎都在为了维持这个"十年爱情长跑"的仪式而苦苦支撑，却忘了去跟从自己的内心所想。每当她动摇或是困惑，她就会想起别人劝她的话，进而自己劝慰自己，"都这么多年了，再坚持坚持吧"。结果就这么将就着，时间白驹过隙，他们拉扯到现在，眼看就走到婚姻的门前了。

　　阿紫觉得自己不能跟这个男人结婚。不是因为他不好，而是她觉得这一切太奇怪了。她还要继续将就下去吗？她感到深深的惶恐。而这种惶恐也在男友身上体现出来了。就在他们一起去挑订婚戒指的那天，男友终于忍不住对她吐露了实情。原来男友在上海工作时，结识了一个姑娘，两人几乎一见钟情，十分投缘。姑娘大胆地对男友表示了好感，但男友拒绝了。男友说他不可能背叛阿紫。可是当他回到阿紫身边时，才发觉，他对阿紫的感觉已经变了。现在他心心念念的都是另一个女孩。他不能这样永远欺骗自己下去。

听他说这些，阿紫哭了。她很伤心，伤心这么一场盛大的"爱情长跑"就这么草草收尾了，连个仪式也没有。从此她又是孤身一人，继续淹没在单身男女的旋涡之中。但是她又有点庆幸，庆幸他们把话说了个清楚，没有让这个错误继续延续下去。而现在，阿紫已经放下了。她对阿朱讲这些的时候，甚至还笑着说："你想想，我们两个人各怀心思，却还假装相亲相爱的样子，是不是也挺荒唐的？"

阿朱把这事告诉给我，说她也闹不清阿紫做得对还是不对。我想这事没什么对错，看的是个人的选择罢了。阿紫这一场恋爱，其中有那美好的四年回忆，是值得珍藏的。而之后出现了一些问题。如果正像她所说，在她一开始产生动摇，或是开始怀疑的时候，就能立刻表示出来或采取行动，不为了"仪式感"那么将就下去，这个问题也许就能早点改正。不过人都难免犯这个错误，有时候我们就是缺乏决断力，特别是遇到感情问题。爱还是不爱，我们总是很难理清的。

　　阿紫还是相信爱情的，也相信天长地久。只是经过了这一场爱情长跑，她需要休整一段时间。我觉得这样很好，找回自己，才能知道自己想要的是什么，之后才会少走弯路。这对于我们来说同样适用。对我来说，爱跟不爱，很可能就是一瞬间的事。重要的是，那一瞬间过去之后，你还有多少兴趣跟眼前这个人一起走下去。

　　我们的生活应该少一点"仪式感"，那样我们都会轻松许多吧。

04　谢谢你在公共交通工具上搭讪我

前些天，一个朋友的朋友A先生一夜之间成了朋友圈里的红人。原因很简单，就在他出差归来，从机场回公司的大巴上，他被人一见钟情了。证据是一条微博：

10月19日上午10点30分从XX机场坐大巴到XX站下车的那位先生，你穿灰西装，打暗红色格纹领带，戴无框眼镜，坐3A号位。我是在你斜对面戴红色围巾的女生。一见钟情太难得了，后悔没敢当面搭讪你。现在求助网络寻人！请大家帮我扩散！

微博的配图应该就是姑娘本人，戴着红围巾，一脸青春洋溢。虽然这条微博并没有引起太多人的关注，但转发数量还是有几十条，刚好转到了A先生一位同事的眼前。同事起初只是觉得时间、地点都跟A先生吻合，想要号召他加入"帮扩"的阵营之中。不料仔细一观察，"灰西装，打暗红色格纹领带，戴无框眼镜"，好家伙，分明就是A先生本人。A先生浑然不觉，在办公室里走来走去。同事长时间地注视着他，简直不敢相信这样浪漫的剧情会在自己身边上演。

同事叫住A先生，想把这则喜讯告诉他。然而A先生显然很不解风情，他面无表情地叫同事别开玩笑了，然后就拿起笔记本走进会议室。同事有点为他的冷漠生气，赶在他转身的工夫抄起手机拍摄了一张他的照片，再配上那条微博的截图，发布在朋友圈里。尽管由于抓拍的问题，照片上的A先生并不英俊，不过还是完全符合了微博中所指的人物特点。这条状态的威力并不小，大概在二十分钟后，就轰一下，点燃了整个朋友圈。

当A先生从会议室出来，扑倒在办公桌上，准备叫一份炸酱面外卖时，他疲惫地打开了手机，然后，他就被上百条蜂拥而至的信息淹没了。

他的照片，配合着姑娘发布的微博截图，已经成功在朋友圈刷屏。大家发来的信息也都大同小异，"恭喜被桃花运砸中！""没想到坐趟大巴还能有这好事！""一见钟情感觉如何？"甚至还有人直接要求他"请客"。A先生先是震惊了，他仔细把姑娘的微博看了一遍，再仔细地回想了一番，然后他的内心崩溃了。

同事们纷纷向他靠拢过来，眼神中都带着瞄准了八卦的灼灼光芒。虽然七嘴八舌，谁也不说重点，但A先生还

是十分体贴地开始了他的陈述。在他看来，这一切根本就
不浪漫，也谈不上是什么惊喜。

　　没错，A先生是坐在3A号座位上。但是他的"斜对
面"坐着谁，是不是戴着红围巾，甚至是不是个姑娘，他
都完全没有印象了。因为打从他一上车，就急三火四地拿
出手机，聚精会神地打开他最喜欢的卡牌游戏，开始了一
番厮杀。没错，这的确是A先生生活里的重要爱好。他玩
游戏的时候，往往聚精会神，人卡合一，对外界的事情一
般都充耳不闻。按照他说，他是听见司机大声催促还有没
有人下车时才回过神来，赶忙跳下车去，模样肯定十分狼
狈，简直不堪回首。

　　听了这话，大家都觉得有些失望。本以为A先生跟那
位姑娘之间多少会有些眼神上的交流，甚至是语言、肢体
上的交流，就像偶像剧里的情节一样引人入胜。不料竟
然是如此的枯燥乏味，甚至和姑娘的微博基调都不怎么匹
配。有人提议A先生去联络一下那位姑娘，A先生断然拒绝
了。他始终认为，这件事情更像一场玩笑或恶作剧，那位
姑娘应该只是为了好玩，并非真正有意愿认识他。表达了
这番看法后，A先生以为事情可以到此为止了，没有想到
的是，一切远没有他想象的那么简单。

　　帮姑娘转发微博的一个网友曾经在A先生所在的部门
做过短暂实习，对A先生的"暗红色格纹领带"很有印
象。他没有直接联系A先生，而是侧面打听，问了其他

人，很快得到了证实。而后姑娘也就顺理成章似的获得了A先生的微信号码，成功打了A先生一个措手不及。为了让事情尽早收尾，A先生还是通过了姑娘的好友申请。

姑娘自我介绍叫小妮，今年二十岁，是个外语专业的大学生。A先生今年已经二十七岁了，按照三年一个代沟理论，他觉得自己跟小妮简直是两代人。小妮很活泼，聊起天来也很大方。她非常直白地表示，自己看见A先生的那一刻，就感觉很兴奋，心里想"这就是我的菜"。没有在车上鼓起勇气搭讪让小妮后悔不已，所以才发了那条寻人的微博。

她对A先生说，这世界这么大，人又这么多，能够遇见一个"来电"的人太不容易了，要是不抓紧机会，说不定就会跟自己的天生一对彼此错过，从此凑合着过完一生。A先生觉得她这话说得很好，也很佩服她的直爽跟勇气。不过A先生还是要说，感情的事情不能太冲动，这种一面之缘就确定好感的，真的能靠得住吗？

A先生觉得小妮不够了解自己，针对爱情妄下定论。小妮却觉得A先生过于懦弱，根本不敢大胆地拥抱真爱。她提出跟A先生见面，四目相对，看看两个人到底来不来电。A先生把自己当作小妮的长辈，长辈拒绝这种莽撞但又十分真诚的邀约显然是不合适的。于是A先生同意了，他决定请小妮吃饭，还对小妮强调："你可以带几个朋友一起过来。"以此来保证自己内心一片坦荡。

　　小妮欣然应允，当晚就发布新微博，说感谢大家的扩散，人已经找到了，目前正在联络中，有任何进展都会告诉大家。A先生感到有些尴尬，似乎自己的一举一动都要暴露在大庭广众之下了。不过他还是要尊重小妮的做法。

　　那个周六的上午，他们在地铁站相见了。小妮还是戴着红围巾，扎马尾，笑嘻嘻的，一看就是挡不住的青春朝气。A先生为了突出年龄的差距，刻意穿得十分正式，西装领带一样不少。两人见面谈起话来，小妮又好奇又兴奋，对A先生问东问西。A先生只好讷讷地一一作答。他并不是很善于跟女孩打交道，这一点很快被小妮发现了，在她眼中这也成了A先生的优点。

　　两个人在餐厅坐下来，聊天吃饭，一切还都进行得顺利。幸亏小妮的热情，让气氛显得不那么尴尬。一餐饭吃完，小妮问A先生对自己感觉如何，A先生就明白，重头戏来了。

　　小妮当然是个非常优秀的姑娘，在A先生看来，她活泼可爱，没什么缺点。可是要说"来电"，那就是个复杂的问题了。A先生说："我们才认识不久，彼此之间都不了解，谈这些太早了，太早了。"小妮有些失望，她说："'来电'就是一种感觉，什么了不了解啊，真麻烦。"

　　她说的不是没有道理。世界上真的有一眼万年、一见钟情吗？当然有。A先生所信奉的，是不能因为自己不太适应这种情感模式，就去否认它的存在。只是在他的爱情观念里，双方必须达到一个全面的了解，进而才能产生感情。现在他不了解小妮，小妮也不了解他，所以他的答案不言而喻。

A先生问小妮："你究竟是怎么就对我有好感了呢？"

小妮坦白地说："当时我看你坐在车上，眼睛紧盯着手机屏幕，全神贯注的样子，好像正在处理着什么机密大事，实在太酷了。"

A先生苦笑了一声，把手机递过去，指着那个卡牌游戏的图标说："这就是我当时处理的机密大事了。"

两个人从餐厅里走出来，都有些淡淡的。小妮的热情也被浇灭了，低着头不发一言。她原本以为A先生是个事业有成、精明能干的社会精英，谈起话来一定是滔滔不绝，对待女孩一定十分绅士。不料实际上的A先生话不多，有些害羞，不解风情，还痴迷于手机游戏！这可跟小妮内心的白马王子形象大相径庭。她还是年轻，再加上天然的个性，这种失落自然而然地摆在了脸上。A先生也不安慰她，两个人谁都不说话，很快就走到了地铁站。

"我想我还不如当时就在大巴上搭讪你来得好。"小妮说。

"总好过现在这样，绕过一大圈，做无用功，是吧？"A先生笑着说。他看得出来小妮的热情褪去了，自己反倒自然了许多。

小妮被他的坦诚逗笑了。她说A先生是个好人，但是跟她想象的不同，现在看来两个人还是很不合适的。A先生说小妮也是个好姑娘，只是想要提醒她，感情的事情不能操之过急，在没有了解的前提下就去搭讪，那也是有一定风险的。

他们在地铁站分别了。分别之前A先生对着小妮郑重道谢。他说能够受到一个女孩子的青睐实在是一项殊荣，尽管这份青睐现在褪去了，他还是非常感激。小妮听了这话有些不好意思，她对A先生说，自己不会失去一见钟情的勇气的，但她答应A先生，以后会更加慎重。

就这样，此次事件得到了圆满的解决。有同事拿A先生打趣，说准保是他的魅力值不够，才把姑娘的好感一下子浇灭了。也有人问A先生，为什么不答应小妮跟她谈恋爱，小妮长得很漂亮，又不算吃亏。A先生撇撇嘴，说："我怎么会做那样的事去耽误人家啊？那样我成什么人了？"

没想到的是，没过几天，小妮就跑来找A先生诉苦。原来公共交通工具上的奇缘再次发生在了她身上，就在她从学校前往商场的地铁上，一个男孩子主动走过来询问她的电话号码，把她吓了好大一跳。

对方很诚恳，也很直接，说一见到小妮就忍不住对她产生了好感，必须跟她认识一下。小妮瞪大眼睛，充满戒备地说不用了不用了。然而对方不罢休，他不停向着小妮的方向靠近，同时一遍遍恳切地说着："你放心，我不是坏人，我是XX大学的，我今年大四，我可以给你看我的学生证……"

然而小妮的内心只感到一阵恐慌，还没到站就急忙下了车，头也不敢回地扎进人群里跑远了。当天晚上，她忍不住把这件事发布到朋友圈里，不久后就接到一个师兄的电话。原来搭讪她的那个男孩子刚好是师兄的老乡，今天也把自己搭讪失败的经历发布在了朋友圈里。他跟小妮的状态一上一下，师兄对照着看，很快就看出了门道，于是哭笑不得地打电话想问个清楚。

师兄代替男孩子道歉，不过也说，他虽然是鲁莽了一点，可品行端正，可以信赖，再说这种坐一趟地铁就产生的好感，也很浪漫啊。言语间颇有些劝小妮跟那个男孩认识一下的意思。小妮立刻拒绝了，她说自己很不喜欢那种感觉，有些莫名其妙的，还有种被冒犯了的感觉，总之就是全无浪漫的气息，只是令人无语。

她把事情的来龙去脉说给A先生听，自己对A先生道歉，说是完全理解了A先生的感受。A先生倒是觉得没有那么夸张。他认真想了想，才把自己的思考结果说出口。他说："美好的相识应该是建立在双方互有好感的前提下的，莽撞地、只顾一人感受地搭讪也好，网络寻人也好，都有可能给人带来困扰。而这样的困扰不仅不能带来感情的促进，还会让人尴尬，甚至产生厌恶。毕竟爱情讲求缘分，一见钟情哪有那么容易啊？究其根本还是该循序渐进，或者套用一句话来说，叫'慢慢来，比较快'。"

小妮若有所思，很久都没有说出话来。

朋友把A先生的"奇遇"告诉我，问我对于"公共交通工具"上出现的一见钟情怎么看。我觉得这是个很有意思的现象，因为的确见识过两个人同在火车的一节车厢，就在旅途里相爱，最后走进婚姻殿堂，开始幸福生活的例子。但最近好像在公共交通工具上对他人产生好感，而后又在网络上寻人的事情倒是越来越多。不知道当事人们是否都有愉快浪漫的心路历程，只是我想这其间的风险系数确实不小，也确实有不少人受不了这种方式吧。

所幸的是，A先生也好，小妮也好，最终都能够平静下来，坦然说出那句"谢谢你在公共交通工具上搭讪我"。而一见钟情能不能一蹴而就成就一段幸福感情，实在不容易评估。又或许应该回到A先生私下里跟朋友吐槽过的一句话：身边有那么多人，相处那么久，感情居然还比不上一个在车上只掠过几眼的陌生人？如果真那么好办，相亲大会早改在公交车上进行了。

这话逗笑了我们，可也让我们陷入思索。身边深深了解的人之中，是否真正有我们的心之所属？而街上迎面走来的陌生人，是否就是下一个我们要擦肩而过、终身错过的天生一对呢？

05 青梅竹马没戏，天赐良缘难寻

我有一个朋友，也是卖文为生的，在这里我们叫她小青。小青在网络上写作青春爱情小说，拥有一批对她情深义重的读者。每当小青发布微博，她的读者们都会跑来表达对她的关切与赞美。与我每次发微博，读者们都赶着来黑我的情况形成了极大的反差。我毫不怀疑这都是读者给予我们的爱，只是形式不同。但我还是羡慕。

小青写的爱情故事总是美好甜蜜，看完就让人想恋爱。她最喜欢写的一种恋爱关系就是青梅竹马式的——男女主角从小一起长大，彼此关照，定下约定，成年后再经历一番波折走到一起。我有时候开玩笑，说她老是写这一个模式，应该创新一下。小青很严肃地对我说，她一定要写出自己心目中爱情最好的样子，不能胡编乱造。于是我想，也许小青自己就拥有过青梅竹马式的美好回忆。就在这种猜测之中，某次聊天里，小青说："这家店很不错，上次我发小跟我一起来过。"我脑海中立刻叮一下亮起了小红灯。发小？我紧盯着小青的脸，直觉告诉我，这就是小青的"竹马"了。

小青的发小比她大一岁，男，体貌良好，外号大老刘。两家是邻居，父母是多年的朋友，两人从小读同一家幼儿园、同一所小学，名副其实地一起长大。两人都是独生子女，所以大老刘觉得小青就是自己的妹妹，小青觉得大老刘就是本家哥哥。他们无比熟悉对方，大到人生理想与世界观、人生观、价值观，小到谁尿过几次床、摔过几次跟头都了如指掌。小青要是讲起大老刘这个人来，滔滔不绝，根本停不下来。要是让大老刘讲一讲小青，那自然也是如数家珍，事无巨细。我听着小青的描述，觉得两个人俨然天赐良缘，一切都像书里写的一样，简直美好极了。

小青对于我的激动相当不屑一顾。她让我醒一醒，说不是所有的青梅竹马都代表着一段美好姻缘。她跟大老刘是亲人，并且也只能是亲人，再多发展一步都会让人难受。我不相信，一直撇嘴，追问她难道就没有对大老刘动心过？小青对我翻了个白眼，说："你当我没试过？"

小青的确试过。十四岁的时候，小青初二，大老刘初三。那会儿班上已经有同学开始真真假假地恋爱了。有个男生给小青写了封信，大意就是说想当小青的护花使者。

小青对那个男生没有异性间的好感，所以斩钉截铁地拒绝了。男生心有不甘，追问小青是不是已经有了心仪的对象。小青否认。男生说："一定是你有了心上人，不然你不可能连机会都不给我！"小青一愣，这是她没有想到的。如果放到现在，小青一定会否定他的说法，并且给出十多种不重复的理由。但是当时小青语塞了，并且开始认真地思考这句话的合理性。她有心仪的对象吗？除了周杰伦、林俊杰，还有哪个年轻男人在她生活里占据了主要部分呢？

小青思前想后，还没有来得及回答，大老刘就出现了。大老刘问小青："一起回家吧？"小青茫然地点了点头说："好啊。"然后大老刘接过小青的书包，放在自己的车筐里，潇洒地一甩头，说："走吧。"小青闻声跟上，一回头，正撞上那个男生的目光。男生露出了一个意味深长的笑容。正是这个笑容点醒了小青。小青再看大老刘的时候，内心的想法不由得复杂了起来。

显然，"青梅竹马"就在眼前。他一直陪她，关心她，她可以跟他耍赖，胁迫他做这做那。这简直就是爱情小说在现实里的完美投射，是浪漫偶像剧在现实里一次惊心动魄的上演！小青怨自己怎么没早点发现。好在现在发现也不晚，她必须立刻投身于这段"爱情"里。如果再有个"父母之命""娃娃亲"之类的，简直就跟自己在拍电影一样！就这样，小青在自己的脑洞里感到很激动。

大老刘人品端正，热爱学习。比起在阳光下挥洒汗水打打篮球，他更愿意坐在自习室里老老实实地看书做题。这跟小青内心的期望产生了很大矛盾。小青想象的浪漫画面里，起码要有一些自己站在篮球场外帮他拿着外套，或是他一下场自己就赶快递上牛奶、毛巾的情节。然而现实中的情况是，大老刘成天待在教室，小青一来找他，他就分外严肃地问："有什么事？作业做完了吗？数学课听懂了吗？"简直给小青添堵。

好不容易在期中考试之后的周末，小青约大老刘外出。本以为两个人可以在湖上划船，看看电影，进行一些唯美清新的活动，没想到大老刘硬是把小青拉到了书店，还是教育书店。看着眼前一摞摞的习题册，小青表面上只是悄悄噘了几次嘴，但内心已经到了崩溃的边缘。大老刘却浑然不觉，他说："我已经初三了，必须得多做题。你呢，虽然才初二，可是你的数学成绩太差了，来，赶快买练习册。"

回家的路上，大老刘快步走在前头，小青跟在后面，充满怨念。她记得杂志上说过，当一个男生跟一个女生走在一起时，如果他对这个女生有好感，他就会放慢自己的步伐，保持着一直走在女生旁边，不会超过她去。可现在呢，大老刘健步如飞，害得小青简直要竞走一样地加快脚步了。这么看来，大老刘并不喜欢自己。他为什么不喜欢自己？小青开始有些生气，自己不漂亮吗？不聪明吗？开什么玩笑，自己可是收到过情书、遭遇过告白的人啊！难道这还不足以证明自己是可爱的？小青想着想着，走得越来越慢。等她回过神来，发现大老刘已经走了老远，停下来，正回头冲她招手。

"你觉得我不可爱吗？"小青大步跑过去劈头就问。

大老刘蒙了，他说："你没事吧？"

小青坚持着又问了一遍："你觉得我不可爱吗？"

大老刘扑哧一声笑了，他说："可爱，哎哟，太可爱了，这样行了吧？"

小青明白他这是在敷衍她，根本不明白她问题的本质。但那一句"我可爱你为什么还不喜欢我"却如鲠在喉，怎么也说不出来。尽管她跟大老刘太熟悉了，什么傻话蠢话都说过不少，但这种话显然还是不问为好。小青当时还非常年轻，但她也想到了，也许"可爱"跟"被人爱"之间并没有什么必然的逻辑联系。

就这样，大老刘跟小青作为一对"青梅竹马"，仍旧维持着好朋友的纯正友情。在大老刘中考之前，他压力很大的时候，小青时常听他诉苦，源源不断地给他鼓励。中考结束后，大老刘充满感情地对小青说："多亏有你这个朋友！"小青也很为他高兴，只是心里暗暗想着，果然他只打算跟我做朋友了吗？

接下来，就是小青备战中考，大老刘踏入高中校门。这一年里，他的确成了小青的护花使者兼补习老师，两人结下了深厚的"革命情谊"，只是爱情层面上的长进倒是一点没有。当时有女同学对大老刘表示了好感，大老刘拒绝了，小青问他："为啥？"大老刘一本正经地说："一切以学习为重。"这一句话就遭到了小青的十个白眼。

终于，小青也进入了大老刘所在的高中校园。开学第一天，大老刘带她走进门去，吸引了一些人的目光。新同学们都认为大老刘是小青的男朋友，一传十十传百，有点让小青困扰。她跑去跟大老刘抱怨这件事，大老刘倒是嘻嘻一笑，好像根本不放在心上。小青生气地说："你们怎么一点都不急呢？"大老刘就看着她说："怎么，做我女朋友不好吗？"

那一刻，小青愣住了，无法形容内心的感受，也不确定这究竟是一次表白，还是一个玩笑。总之她有点害怕，还感到无地自容，所以话也没说完就转身跑了，一口气跑回自己的教室。大老刘并没有追上来。

那一天小青心乱如麻，语文课上全程走神，在日记本上写下了自己的诸多个疑问：他究竟是什么意思？他喜欢我吗？我要怎么回答他？我应该跟他在一起吗？这些问题越问越乱，怎么也想不出个所以然来。放学的时候大老刘还是照旧在校门口等她，她吓坏了，不敢走到他身边去，只是跟在身后。这一路上，大老刘吹着欢快的口哨，小青心事重重，几次都欲言又止。快到家门口前，她才小心翼翼地问大老刘："你今天为什么说那样的话？"大老刘又扑哧一声笑了，说："嗨，逗你的呗。"

这次正面交锋就这样结束了。他们又恢复到嘻嘻哈哈的朋友关系之中。此后很长的一段时间里，没有其他的男孩或女孩进入小青或大老刘的感情生活。他们两个都在学习上很用功，跟同学也都相处得来，只是一直没有恋爱。后来小青开始写小说了，在班级上发展出了一批读者。

她写女主角的时候很富有想象力，什么样有趣的特质都爱加上去。可是她写男主角的时候明显缺乏经验，所以不管怎么写，还是会以大老刘为模板。不过大老刘从不生气，只是他不爱看小说，一看就犯困。从那时候开始，他们不再只谈论生活里的笑话，而是彼此说起更加宏大的话题。大老刘说自己以后要做一名医生，小青说自己要成为一名作家，他们相互鼓励，都看到了人生的希望。只是他们虽然相互了解，却不能够彼此理解。大老刘总是说小青太过幼稚，小青则觉得大老刘情商不高，可他们还是一面争吵，一面不停地沟通。

大老刘在高考中表现优异，成功进入医学院就读。他要离开家，去往另一座城市上学，临走前去对小青告别。小青心里很难过。在过去的十几年里，他们从未分别，似乎都无法想象这样的别离意味着什么。

大老刘对小青说："记不记得我曾经问你，做我女朋友不好吗？"小青说记得。大老刘说："你为什么不回答？"小青没作声。她感觉那种恐惧又回来了，让她不知所措。大老刘说："这也是我在困惑着的问题，我觉得做你男朋友也很好，总有人觉得我们很合适，可我们始终没有走到这一步，让我们慢慢把这个问题理清楚吧。"

小青就在那时候豁然开朗。原来感到迷惑的不仅仅是她一个人，大老刘也有着相同的感受。他们兜兜转转，矛盾那么多，可是此刻却能够彼此理解了。青梅竹马什么的，确实是容易让人产生遐想的。似乎他们有太多太好的机会在一起，没有在一起就显得不符合常理了。可是这其中的原因究竟是什么？大老刘很好，做他的女朋友一定会很有趣。小青也不差，做小青的男朋友也是幸事一件。然而说不出来不好的事情就一定是好的吗？小青默默地想着，后来她发现一直以来最重要的东西被忽略了，那就是她跟大老刘两个人，真的相爱吗？

如果他们相爱的话，那所有的困惑就会在顷刻间不复存在，彼此之间也不会有那么多的试探跟躲闪了。如果他们相爱，他们早就会走到一起，而不是到现在还犹犹豫豫，相互追问。我们总是习惯性地去设想两个人合不合适，却把最重要的感觉放在最不关注的地位，这是一种本末倒置的行为。有的人只能做朋友，再升格也是升格为家人，要做恋人看的是感觉，是那种"来不来电"的感觉。

小青写爱情故事，一边写一边思考，得出的结论渐渐能够解答自己的困惑。读大学后，她也来到了全新的城市，认识了更多人，也见到了更多活生生的爱情故事。其中不乏因"父母之命""一起长大""知根知底"等原因而走到一起却又不欢而散的男男女女们。小青想，有时候感觉不对就是不对，这东西太真实，一点也骗不了人。

假期里她跟大老刘再见面，两个人都释然了很多。看得出来，也许是因为他们都长大了，父母开始有意地撮合他们。不过好在他们已经想通了，虽然不清楚双方各自的心路历程，不过看对方的笑容，彼此理解了，这种感觉一目了然。找到机会，他们单独聊聊，确实都长进不少。大老刘说到自己在大学里遇到一个谈得来的女同学，小青明白这种"谈得来"就是双方有感觉了。她很激动，真心真意地为大老刘高兴，迫不及待地想要跟他的女朋友成为好朋友。大老刘看到她的反应后有点喜出望外，他坦白地说，其实他有点担心小青会因为他交了女朋友而感到不舒服。并不是他有多么自恋，觉得小青喜欢自己，而是他觉得两个人从小一起长大，好像在一起是顺理成章的事情。他觉得自己跟小青不适合，就是不知道小青发现没有。

小青当然发现了，而且也想得很透彻。她很高兴他们没有为了那份"顺理成章"而试着交往，走出一些弯路来。事实上他们的那些困惑帮助了他们，让他们对自己想要的东西更加确定，这是一种帮助。而更重要的是，现在他们都清楚了自己在对方生命里的位置——家人一样的重要位置。

小青还在写爱情故事，最拿手的依然是"青梅竹马"，虽然都是这个定式，可故事总是非常好看。我问她究竟对这种类型的爱情怎么看，小青笑着说，虽然在她这里，"青梅竹马"没戏了，可是不代表在别人那里就不行。尽管生活里的确有不少这样的例子，两个人一起长大，彼此太过熟悉，反倒没有了爱情的感觉，可总归还是会有甜蜜幸福的真实故事的。

然而，我们处于苍白的现实之中，在这现实里我们必须明白，要找到一个能够相爱的人很难。大部分的时候，我们都会面临一个窘境：青梅竹马没戏，天赐良缘难寻。

06 起来，从"小公主"的美梦里爬起来

最近老是有人自称宝宝跟小公主，我觉得很有意思。大家都是开玩笑，然而真正把自己当成公主的人也不少。

我小时候时常幻想自己是有着超能力的英雄，比如可以单手举起重型卡车，或是可以隐形、瞬间移动。长大后发现原来我只是把自己提前想象成了"X战警"中的一员，还是属于虾兵蟹将那一类，难堪大任。更多的女孩子小时候喜欢幻想自己是公主，集美貌、智慧与万千宠爱于一身。最重要的是，总会有个王子，身骑白马，从远方而来，带着她一起过上幸福的生活。我倒是没有这样想过，因为我很早就知道自己不是公主。

最初明白这个道理，要感谢我的幼儿园。当时班上有个小姑娘，是园长的亲戚。她在班上有着至高无上的地

位，吃的饭菜跟我们不一样，午睡时间也可以无限制地推后或延长。就连她坐着的椅子，也是一把独一无二的红漆椅子，略微比我们的椅子高一些。她坐在上面的时候，看起来就非常神气。

我记得很清楚，一天下午，那个小姑娘还在午睡，而我们已经来到了教室。英文老师叫大家一起比赛说单词，谁说得多，谁就可以坐在那把红色的椅子上。最后是我拔得头筹。不知道我当时是否一直都觊觎着红色的"宝座"，总之应该是抢答很用力，获得了这个机会。然而就当我刚刚坐在那个椅子上时，椅子原有的主人忽然出现在门口，她看到了这一幕，立刻冲过来，狠狠把我从椅子上推了下去，并且放声大哭起来。

我没有哭。当时的老师后来对我妈妈讲起这件事来，也说她很害怕我会更加委屈地大哭，还好我没有。我只是自己爬起来，然后面红耳赤地站在一边。那时候我还不会使用"尴尬"这个词，但这应该是我的直观感受。她在哭着的时候，另外的几个老师一拥而上围住了她，哄她开心，逗她笑。她依旧哭喊着，有一句话从她嘴里飘出来，她说，这把椅子是公主的，她不能坐！我就那么看着她，听着这句话。这句话刻进了我的脑子里，变成了一个问题。我问过我妈妈很多次，我可以是公主吗？我妈妈很坦白地说，你当然不是。

就这样，所有带有梦幻意味的公主传说都跟我无缘了。我知道我不会被无限制地宠爱，没有人会无缘无故地喜欢我。我没有特权，如果我不努力，那么我就什么都没有。

在慢慢长大的过程里，我有幸认识了一些生活非常顺心的朋友。仅仅是作为旁人，我也能感受得到那种生活的完满性，并非普通人所能轻易抵达。尽管有人说可能他们背后的心酸是不为人知的，但我想，难道有谁的心酸是广为人知的吗？每个人行进在生活里，都或多或少地隐藏着一些自己背负的辛苦。但是我们必须承认，有些人的确天然就离幸福更近，活得比我们轻松，过得比我们更好。

珊瑚是我所认识的小公主之一。她漂亮活泼，有像石原里美一样的笑容。这一两年来，石原里美的热度不断上升，珊瑚的笑容也越来越被人称道。每当有人感叹说"哎，你有没有发现你笑起来的样子有点像那个谁"，她总会一面感叹"唉，我这个磨人的小妖精"，一面再度展露无敌的笑容，引得旁人一阵惊叹。

我们所能看到的珊瑚永远都很高兴。她妆容精致，衣着光鲜，头发不油，走起路来十分轻快。时常有人好奇为什么珊瑚从没有烦心事，她仔细想了想，很欠揍地笑着说："好像真的没什么好烦耶！"

中学时候，当我们都在为考试担忧，珊瑚却是个例外。她说无论自己考进哪所学校，都没关系。家人对她没有要求，她自己也觉得可以随遇而安。因此她学习得十分轻松，成绩处于中游，自习课上时常睡觉。别人猛劲儿翻书做题，她最在乎的却是吃好喝好。有次她在课堂上照镜子，被老师批评了一番。下课后她对我说："我必须看到自己是好看的，如果我不好看，我哪有心思学习？"我忍不住笑了，不是笑她的这个逻辑，只是觉得一片苦行僧一般的芸芸众生之中有个这样的角色，很让我觉得新鲜。反观那时候的我，痴肥少年，相当不好看，不过我还是学习了。可能这也是我不如珊瑚快乐的一个原因。

珊瑚的妈妈到学校来接她，一见到她就扑上来，像见到小宝宝一样亲热地把她搂在怀里。她们母女俩很像，都给人一种富家千金的感觉。珊瑚妈妈一开口就是说学校课业负担太重了，千万不能再给孩子压力，所以她经常想办法带珊瑚出去休闲，开车兜风，吃大餐，做美容，等等，也免不了时常帮着珊瑚跟老师撒谎请假。冬天天气很冷，珊瑚早上经常迟到，不过并没有受到苛责。她偷偷告诉我们，每次她爬不起来想赖床的时候，她妈妈就会打电话给老师，说她身体不舒服，不得不晚点到。这样一来，老师也没什么好说的了。

珊瑚的爸爸工作很忙碌，不过还是抽出很多时间陪她，两人无话不谈。学校里的家长开放日，女孩子们大都在父亲面前有点唯唯诺诺，只有珊瑚踮着脚亲热地勾着爸爸的脖子，说说笑笑从我们面前经过，像是没有丝毫压力。后来珊瑚告诉我们，她说她爸爸对她的要求就是一定要过得开心，生活得要放松，要身心愉悦。只要为了珊瑚高兴，任何条件都能够满足。至于升学那一类的问题，有个学校去读就好，有什么可担心的呢？后来果然就像她所说的，高考刚刚结束之后，人心惶惶，可珊瑚依旧悠然自得，愉快地发布父母带自己外出度假的照片。有人叹她不知道民间疾苦，她却反过来劝我们，要我们享受人生。

读大学的时候，我跟珊瑚在不同城市，不过联系未断。她留在本地读大学，很少住宿舍，毕竟条件不如家里舒适，她爸妈便每天继续接送她上学。她也曾想过自己去学车，不过考虑到还是有些危险，就干脆作罢。在大学校园里，珊瑚过得同样快乐，结交了不少朋友，也有很多异性追逐。比较让她心烦的是，喜欢她的男孩子有很多，其中不乏痴情青年，发誓要爱她到天荒地老。这就让珊瑚比较尴尬，她说谈恋爱明明是件轻松愉悦的事情，怎么弄得这么苦大仇深？所以但凡一上来就海誓山盟的，都被珊瑚拒绝了。可即便如此，表达爱意的礼物和邀约还是源源不断而来。

由于珊瑚一直没有住在宿舍里，缺少跟众人的深切交往，这导致她无法准确地体察民情。在一段时间之内，她一直以为我们所有女生都过着跟她一样被许多人追逐的生活。当假期里大家一起聚会的时候，她听说了我们每天只是去平静地上课、自习，偶尔参加社团活动，并没有收到表白时，她惊讶地瞪大了眼睛。有人自嘲"单身狗"的时候，珊瑚就更加不能理解了。她不认为单身有什么好自嘲的，对她来说，她宁愿没人追求，自己落得个清静。我们一齐把哀怨的目光投向她，她很欠揍地说："唉，有时候我甚至故意在别人面前扮丑，可想不到还是有很多人喜欢我啊！"

临近毕业的时候，珊瑚总算交了个男朋友，对方很宠爱她，对她千依百顺。朋友们都忙着找工作，珊瑚却跟男朋友外出旅行。他们去了马尔代夫，去了巴厘岛，后来又去了云南，去了西藏。每天，当我们忙碌得感到了疲惫跟焦虑时，我们就会打开手机，看一看珊瑚发布的朋友圈。有时候，那些美景会让我们的心情得到暂时的放松。然而更多的时候，我们必须看着那种美好的、闲适的、起码看起来没有任何阴影与压力的生活——就算我们无法拥有，我们总能看看，然后告诉自己，只要我们继续努力，我们也能过上这样好的生活。但愿我们能。

旅行两个月后，珊瑚回来了。她告诉我们她决定开始工作了，只是做什么还没有想好。她可以去爸爸的公司里做个闲职，可是没什么兴趣。后来她决定自己开间咖啡店，从此过上充满浪漫情调的小资生活。我们刚听说这个消息，都觉得有些不靠谱，劝她三思而后行。可珊瑚毕竟是珊瑚，她做某些事情似乎总比我们要容易一些。当她宣布了这个想法后，她爸爸毫不犹豫地出资，还帮忙选址跟联络帮忙的人选，男朋友也鼎力支持。不出半年，珊瑚的咖啡店竟然已经初见模样，很快就要开张了。我们在惊讶之余也忍不住纷纷感叹，赞叹她的勇气，也羡慕她的生活。我恭喜她有了自己的事业。她对着我扑哧一笑，说："什么事业啊，这只是玩玩而已啦！"

果然，珊瑚招募了店长，由他代理店中一切事务，让自己每天都能继续保持大量的自由时间。她似乎永远都那么闲适，没事就做做指甲，逛逛街，到美容院去转一圈，再跟一拨又一拨的朋友聚会。我觉得有点好奇，如果这样的假日生活让我过上几天还可以，时间久了恐怕我就会觉得无聊了，珊瑚就不觉得无聊吗？

珊瑚很认真地告诉我："我觉得这才是生活应该有的样子，高度自由，想做什么就做什么，想去哪里就去哪里，没有后顾之忧。难道不对吗？很多人奋斗一辈子，为的不就是过上这样的日子吗？我既然提前过上了，那我为啥要觉得无聊？我要尽可能地精彩起来啊！"

有朋友不同意，忍不住插嘴，说："我们还都年轻，这时候不是应该多尝试、多闯荡、多创造财富吗？"珊瑚莞尔一笑，说："我不用创造什么财富啊，我不缺钱。"这话自然又很欠揍，大家唏嘘不已。珊瑚就趁这会儿对我说："我知道你们很多人一定要活出个人生意义来，可是我没有那个境界，我只要活出个人生乐趣来就好了。我现在每天都很高兴，这还不够吗？"

当然够了，这是我的回答。我想告诉珊瑚，其实我们很多人的想法都没有那么高尚，能够活出人生的意义来太过不容易，大部分时候能够活出个乐趣，就已经非常困难了。只是每个人的乐趣所在毕竟不同。有些人的乐趣是闲适的生活，有些人喜欢忙碌，这大概就是人各有志吧。

当我慢慢长大，我才明白，原来人生不过是一个求仁得仁的过程。可能在最初的起跑线上，每个人拥有的资源跟支持都是不同的，可是跑起来之后你才会明白，没有人拼速度，也没有人拼路程的远近。因为每个人都在忙着寻找自己的方向，一旦找到了，那这一生就算成了。

珊瑚也许很早就确定了自己的方向，很早就可以自如地享受人生，令人羡慕。没有人不渴望得到珊瑚拥有的那些，外貌、家庭、生活条件等。她的运气实在很好，看起来毫不费力就获得了宠爱跟支持。这样的人无疑是生活中的"小公主"，自带华光，心地善良，却很难理解民间疾苦。他们的生活是美好的，充满宝藏，时常有浪漫的惊喜等待。而我们大部分人呢，我们面对的现实是残酷的，充满地雷，时常有莫名其妙的bug跳出来吓我们一跳。这不怪我们，一点也不。毕竟世界上不会有那么多"小公主"的名额，而即便没有得到那个名额，我们也会照样活得好好的。跑对了方向，收获属于自己的快乐，我想那样的生活也并不逊于小公主的。

珊瑚的咖啡馆马上就要开张了，最近她少见地有些忙碌了起来，几次对我们喊累。看到这样的场景还蛮有趣的，也许等她再度闲下来，会觉得这是段不错的体验。毕竟，就算是高高在上的公主，也会有想要微服出行的那一天吧。

愿我们都能成为自己的公主。

07 生死相依，这是一种诅咒？

　　室友外校的闺蜜陈晨来我们宿舍已经住了三天了，为了躲"债"。躲的不是钱债，也不是人情债，而是一个攻势猛烈的追求者。陈晨形容他就像个前来讨债的人，逼得陈晨无路可走。

　　人都说，长相不错的才可以被称之为"小鲜肉"，长相多少有点不佳的那就只能称为"男青年"了。男青年追求陈晨绝非一朝一夕，而是已经坚持了大半年。陈晨为此非常头疼。两人通过朋友认识，一起玩过几次后，男青年就对陈晨表白了心意。陈晨一开始是拒绝的，但是耐不住对方一直苦苦哀求。他说也不是要求陈晨立刻就成为他的女朋友，只是希望给他个机会，让他有资格去追求她。这话说得陈晨心里怪难受的，她又不是什么天仙公主，怎么就说得上别人有没有资格呢？于是陈晨点了头，告诉男青年两个人先作为朋友相处看看。这一相处下来就有点刹车失灵，男青年劲头十足，陈晨则心惊胆战。

七夕，男青年说要给陈晨一个惊喜，拿出一个精心打包好的礼物盒。陈晨盘算着如果是份特别贵重的礼物，那么她一定不能收下。可一打开盖子，惊喜里的"喜"瞬间荡然无存。盒子里装着一块木板，上面刻着陈晨跟男青年两个人的名字。陈晨尴尬地问这是什么，男青年解释说，这是一种许愿的方式，他希望他们两个能够生死相依，永远在一起。

"生死相依"，听得陈晨一下子起了鸡皮疙瘩。"永远在一起"，"永远"两个字又恰好戳到了陈晨的软肋，因为她的爱情观一向是"不在乎天长地久，只在乎曾经拥有"。一说要"永远"怎么样怎么样，陈晨就会浑身发麻，一头冷汗。她无法想象那个时间上的极限，所以她从来不谈。

"你觉得怎么样，是不是很浪漫？"男青年笑嘻嘻地问。

陈晨面部僵硬地说："还好，只是我们现在的关系还只是朋友，说这些是不是还为时尚早？"

男青年说："没关系啊，因为就算只是朋友，我也希望我们永远在一起，永远不分开啊。"

陈晨感到了一种恐慌，她拒绝收下那份礼物，然后急匆匆地跑了。当天晚上，她发消息给男青年，诚恳又直白地表示，她觉得两个人真的不合适，关系还是到此为止吧。没有想到的是，这种单方面"挥剑斩情丝"的做法没能得到男青年的认可，他表示自己根本不明白陈晨是什么意思，并询问两个人还算不算朋友。陈晨只好说，朋友嘛，当然还是算的，就是不要往下发展了。男青年发出愉快的笑声，他说是朋友就好办了，朋友是没办法分手的对不对，至于以后的发展，谁又说得准呢？

于是新一轮的死缠烂打就开始了。男青年穷追不舍，陈晨节节败退。如果说陈晨足够高冷或是狠心，或许一切会变得简单很多。但无奈陈晨是个心软的人，又不希望双方撕破脸面，反倒更想让大家体面，所以就更加助长了男青年的气焰。最让陈晨感到恐惧的是，男青年每每出现，都要把"永远"两个字挂在嘴边。他总是说："咱们能永远在一起多好啊！"陈晨几次问他："为什么总要强调一个期限？"男青年说："你没听人家说吗？永浴爱河，永结同心，永远永远，这就是最美好的祝福了。"陈晨的嘴角颤抖着，没有说出来的话是，她觉得那更像是一种诅咒。

我问陈晨为什么这样说，陈晨思考了很久，然后认真地做了如下回答。

陈晨说："人生是不可把控的，有太多的变数，一向是人算不如天算。而人自身也是在不断变化着的。本来这些变化就时常会让人手忙脚乱，不知如何是好了。那么变化发生的时候，最明智的做法是什么呢？答案是顺势而变，这样才能更快地把整个人的状态调整过来，不至于崩溃。而有关'永远'的所有誓言跟期望，恰恰都是要反其道而行之的。一旦你做了决定，要'永远'怎么样，那就等同于是'无论发生什么，都必须'怎么样。"她认为，这是一种枷锁，也是一种折磨。她不愿意忍受这种折磨，她就是不愿意。

我很好奇，抛出自己的问题："婚姻是一种契约关系，这份契约中有一点，就是基于双方对'永远'的诺言。无论贫穷富贵，无论生老病死，永远不离不弃，难道这也是一种折磨跟枷锁吗？难道所有的责任都是折磨跟枷锁吗？"

陈晨说："不，但你说到了问题的关键。责任当然不是枷锁，责任是自己基于道德跟良心自愿选择去背负的，并不是别人强加的。婚姻是责任，家庭是责任，但是爱情是吗？不是，爱情就是爱情，是感觉，是关系，是两个人充分契合，从而达到的一种亲密。基于责任我们可以说，永远守护这个家庭，永远陪伴这个人，那是很现实的生活方式。但是基于爱情，我们不能说永远爱你这种空话，因为感觉稍纵即逝。旁人更不应该说，愿你们永浴爱河，想象一下要在那种缠绵黏腻之中永远不得翻身，那是多么可怕的一种情况啊。"

陈晨的话在很大程度上震惊了我，过去我也从未遇见过拥有这样独特的爱情观念的朋友。但我承认，她说的的确有一定道理。很长一段时间里，大家都愿意把"你若不离不弃，我必生死相依"这句话当作一句浪漫的情话，可其中的深意其实谁都不敢细想。生死相依意味着什么？是否真的是枷锁，是诅咒？后来陈晨把她姑姑的故事告诉给我们，我们才有了不一样的思考。

陈晨的姑姑跟姑父年轻时是一对璧人，可是后来姑姑发现两个人的性格并不合适，于是提出了分手。但是分手并没有成功，姑父虽然没有死缠烂打，但是没过多久就传出心脏病发住进医院的消息。姑姑出于关心当然要去探望，不料一走进医院，就遭到了姑父亲朋好友的一致声讨。

他们纷纷表示，姑姑是因为知道了姑父的病才提出了分手，由此指责姑姑虚情假意，为人轻浮，将感情当作儿戏。姑姑感到很痛苦，她竭力去向所有人解释，但都是徒劳的。那群人越吵越凶，后来干脆闹到了姑姑家里。那时候街坊邻居之间的关系比现在要紧密得多，事情很快就传开了，人们对此议论纷纷。姑姑感到苦不堪言。姑父出院后，来向姑姑请求复合，姑姑感到自己几乎没有选择，只能同意。两个人很快就走入婚姻殿堂，收获了大家的祝福和称赞。别人都说病魔都无法拆散他们，他们一定会永浴爱河，他们一定会永结同心的。

婚后姑姑生活得并不幸福，两个人之间的矛盾仍然存在。可是姑姑却不能选择离开，只能默默忍受。近几年，姑父年纪大了，身体越来越差，姑姑为了照顾他，每天都十分疲惫，人都瘦成了一把骨头。陈晨看在眼里，她感到了一种恐惧。亲眼盯着骨瘦如柴的姑姑强撑着照顾姑父，却又不是出自心甘情愿的时候，陈晨就忍不住浑身发抖。她说，造成这样的婚姻悲剧有时代的原因，也有姑姑自己的原因，但是更是基于大家对于"永远在一起"的错误定义。"永远"指的是美好时光里的长长久久，然而不美好的、痛苦的时光，多一分钟都是煎熬。

陈晨告诉我，她所看到的所有生死相依都不是美的。这里面必然包含着太多的遗憾、懊恼与后悔，有的人相互纠缠到老，彼此厌恶，甚至彼此诅咒，相互连一点脸面都不留，真是莫大的悲剧。相濡以沫，真的不如相忘江湖，大家放彼此一马，不要动不动就用"永远"来绑架彼此，那样还来得好一些。

我跟陈晨的想法不同，我远没有她那么洒脱。大部分的时候，我也向往着有关"永远"的诺言可以实现。对于我的恋人、我的朋友，我希望能够跟他们永远在一起。但我的确没有想过"永浴爱河""生死相依"，这让我有一种画地为牢的僵硬感，让我感到自己像是签署了卖身契。毕竟任何人都不敢承诺能够永远爱谁，爱是自然流露的东西，太过强求了，难免就没什么意思。

我劝陈晨快刀斩乱麻，直截了当地告诉男青年，自己不愿意跟他在一起。别说永远了，就连现在这一小会儿都不愿意。陈晨在经历了半年的"躲债"过程后也完全赞同我的意见，鼓起勇气主动约男青年见面。

男青年喜出望外，以为陈晨回心转意了。他也不想毫无表示，正打算曲线救国——联系到了陈晨的闺蜜，也就是我的室友，说想问问陈晨有没有说起过以后打算到哪里定居。他想要直接在陈晨向往的城市买下一套房子，直接写上陈晨的名字，以此表示自己的真心。室友简直瞠目结舌，把这件事告诉我们，说这无异于一种绑架。陈晨再度浑身发麻，连我也跟着麻了起来。尽管有很多人认为，如果有人愿意给自己买房，那么这个人就可以依靠。但显然我们都还是情感至上主义者，对于这样的情况，我们是担忧恐惧多过愉快的。

陈晨最终还是摆脱了男青年。她花费了很长的时间向他解释，自己非常感激他的一片真心，但是感情的事情就是勉强不来。男青年苦苦哀求了一阵，后来悲伤地说："你怎么能这样就抛下我呢？我真想永远跟你在一起。"

陈晨静静地看着他，然后狠下心来，说："可惜我不想。"

有关爱情的难题来了。我们既要两情相悦，又要天长地久；我们既要不离不弃，又要激情永驻。这一切都太难了，所以人才为爱情痛苦。或许真的应该像陈晨所说的那样，放自己一马，那样一切才会自然轻松得多。喜欢谁就大方地表达，不合适就爽快地分开。在一起的时候尽情地快乐，失去了之后也不要泥足深陷裹足不前，这样生活才能不停向前，这样生活有意义。

也许真正说起来容易做起来难的，其实正是"随缘"二字吧。

08 "霸道总裁"，请带着你的爱离开

　　曾经有个男生，对我说他是个诗人。所以我们都用"诗人"来称呼他，并没有任何褒贬的含义在内。事实上他除了说话时喜欢莫名其妙地停顿、发短信时喜欢莫名其妙地分行之外，并没能表现出作为一个诗人该有的素养。他没有把自己的作品拿给我看过，倒是把写诗的劲头都用在了追求女孩子身上。他追求一个社团里的朋友，追得步步紧逼，一度传为怪谈。很显然，如果是好事，那么本该传为佳话。可惜诗人在恋爱方面的追求颇为另类，令我们这些凡夫俗子咋舌。

　　我们的社团是民乐社，所以诗人来参加活动时，大家都很奇怪。社长问他会什么乐器，他答什么都不会。社长问他对什么乐器感兴趣，可以现场尝试，他拒绝。社长只好问他有何贵干，他犹豫半天，吞吞吐吐地说了一大段半

文半白的话。之前跟他交谈过的我比较能够抓住重点，于是我解释给社长："他说跟我们社团里的一个姑娘是好朋友。"

姑娘叫小周，弹古筝，也会拉一点二胡，一头短发，浑身充满灵气。她跟诗人在公选课上相识，此后诗人就频繁地制造机会跟她相处，于是潜入了我们的社团活动。小周有没有把诗人当作好朋友，无须言语赘述，只要仔细观察小周看到他走进来的一刹那眼神的黯淡，就能轻而易举地得到问题的答案。

尽管眼睛已经在说"不要啊"，可小周的躯体还是微笑着向诗人走了过来，进行一番公事公办性质的寒暄。诗人表示自己想要来这里听小周练琴，小周说恐怕不太方便。诗人又表示自己可以在社团里帮忙打杂，小周说这不太好吧。诗人立刻干脆地表示，他觉得自己跟小周很有必要深入了解一下，无论如何，自己来社团里陪伴小周的心意已决，不管用什么办法，所有艰难险阻他统统不怕。他这番表决心似的话语引起了我们一阵善意的笑声。社长对我说："啧啧啧，不愧是诗人，就这么几句话，还押着韵呢！"

由此，诗人正式成为社团里的帮工。他的职责是帮忙租借教室和打扫卫生。可自从他上岗以来，实事一件也没有办成，分配给他的任务从来不见完成过。社长跟他谈过几次，可他明显是醉翁之意不在酒，几句话不离小周。社长没办法，只好不再理会。

诗人一走进排练厅，就直奔小周，徘徊左右，片刻不离。小周盯着乐谱，面无表情。诗人对她嘘寒问暖，她一概以"还行"回答。"你觉得今天天气怎么样？""还行。""你饿了吗？""还行。""你为什么总说这两个字？""还行。"

有人觉得小周的态度未免太冷淡了点。就算她对诗人没有男女朋友间的好感，做普通朋友还是可以的，何必如此僵硬地对待他。小周不得已，只好给我们讲述诗人对她实施的种种围追堵截——各种社交网络上频繁的留言，宿舍楼下频繁的信件，以及各种偶遇后非要塞到她手上的礼物。这些礼物有时候是零食，有时候是化妆品，有时候是玩偶。小周不停强调自己"无功不受禄"，绝不能无缘无故就收别人礼物。可诗人每次都十分坚决，两个人相互推来推去，简直要玩起擒拿手来。

就在前天晚上，诗人采取守株待兔的方式，在校车停靠点等小周，果然给他等到了。小周一下车，诗人就奔过去，把手上的一盒子巧克力塞过去。此时的小周已经不是过去的小周。她身经百战，有苦没处说，于是一瞬间的反应超乎寻常地灵敏——她躲开了，而且一步跨出去八丈远，远远地对诗人说："同学，你不要这样，你这样我真的很不好意思。"

诗人愣住了，但很快回过神来，开始进行长篇大论的解释。核心大概就是他对小周怀有很强的好感，送这些小礼物希望小周明白他的心意。小周理解了这一内涵之后当即表示自己觉得两个人还是做普通朋友比较好，至于恋人……她的话还没说完，诗人就一个箭步冲上来，把巧克力往小周手上一塞，伴随着一句坚决的"给你的你就拿着"，着实把小周吓得不轻。等小周平复过来，诗人已经跑远了。旁边见证了这一幕的同学对小周说："哇噻，那个男生好霸道啊！"小周尴尬地说："霸道个鬼啊，吓死人了。"

得知这件事后，我们开玩笑说没看出来，原来诗人是"霸道诗人"。我们原本以为他文弱得很，追求小周顶多写上几封情意绵绵的信，没想到还有这样强制性的送礼环节。社长安抚情绪低落的小周，对她说："放开那个诗人，让我来，让他用礼物砸死我们社里的其他人，大家都是很欢迎的嘛！"小周白了社长一眼，说那些礼物她一样也没动，正找机会怎么还回去呢。

诗人再来排练厅的时候，大家伙都忍不住仔细观察他。他倒是不畏惧旁人的眼光，照旧是直奔小周左右。这回我们也算看出了些端倪。他对小周是很好，可是这种"好"带有非常明显的强制性，有些"霸道总裁"的风格。

他会强制性地给小周泡菊花茶，小周不喜欢喝，他还是会泡，然后对着小周很严肃地说："你懂不懂，我这是为了你好？"他还会强制性地要求其他社员给予小周足够的空间，谁都不能离小周太近，否则他就要冲上去跟人理论。理论也就罢了，他话又说不清楚，啰里啰唆，让人尴尬。小周在一旁更是无语。后来他干脆申请借了旁边的一个小教室，把小周的琴架都运到那里去，说这是单独为小周准备的排练室，大有"这片鱼塘我为你承包"之意。小周终于忍无可忍，严肃、冷淡又不失愤怒地对诗人表达了自己的想法——"我忍你很久了，不要再来我身边指手画脚，我跟你没有任何关系。"

当时我也是围观群众之一。大伙儿的心都在跳，好奇接下来的情况发展。我们都以为诗人会悲愤地啰唆一通，指责小周不懂他的用心良苦云云。然而并没有，诗人一愣，然后拉了一把小周的胳膊，说了两个字："别闹。"

别闹？

小周牙齿打战地看着他，说："同学，请问你能听得懂中文吗？我不是在跟你闹着玩儿，我是很严肃地在跟你说话！"

诗人笑了，他的笑容显得如此不合时宜。他边笑边说："你知道吗？我活这么大，还从来没有遇到过一个女生像你这样拒绝我的好意，可能这就是我对你情有独钟的原因吧。"

他话还没说完，不少人鸡皮疙瘩已经掉了满地。社长问我："为何这句话如此耳熟？难不成这是诗人写的诗，不知不觉之间早已传遍大江南北，成为我们耳熟能详的偶像剧专用台词了？"

这是否是诗人原创我实在不了解，只是我知道这种台词在现实里，相当于大规模尴尬性武器，普通人几乎都无法抵挡。

一个男同学小声说："这种'霸道总裁'式的求爱方式，女孩子们难道不喜欢吗？"我好奇地问："你为什么觉得女孩子们都喜欢所谓的霸道总裁呢？"他不假思索地说："认识的很多女生都异常迷恋这种类型的电视剧，一看到相关角色就尖叫，兴奋不止，不是喜欢是什么？"社长嘻嘻笑着接话说："傻孩子，霸道总裁什么的暂且不理论，关键还是要看脸啊。"

大家轰地一下都笑了。小周以为我们在笑她，又是气又是急，更要跟诗人彻底摊牌。她义正词严地说："我不需要你的什么情有独钟，请你离我远一点，谢谢！"

说完这句话，小周转身就跑了，跑得挺快，看来不想被任何人追上。诗人这时候认识到自己有点玩脱了，尴尬地环顾四周，希望有人能给他个台阶下。可围观群众永远都会只是围观群众，大家都在假装看风景，没人跟他说话。等人群渐渐散开，诗人就向我走来。

"你好啊，霸道诗人。"我揶揄了他一句。

他说："我哪里霸道了？"

"带有强制意味的好意还不算霸吗？不在意对方的感

受，只管按照自己的方法来，还不算霸道吗？"我问，心里却想，也许应该换一个词，换成"自私"更恰当点。总有人说喜欢霸道一些的温柔，可在我看来那只是一种自私的、一厢情愿的爱。放在现实里，如果有人来霸道地爱我，不问所以地影响我的生活，我一定浑身难受。

"女孩子难道不喜欢这种个性吗？"诗人惊恐地说，"这难道不是显示一个男生很man的重要表现吗？"

我感到有些好笑，一时间说不出话来。不知道还有多少男生在揣测女孩子的喜好时，都存在着这样的误区。的确，有些女孩子喜欢man一点的男生，喜欢有主见、有控制力的男生，但是这一切都要在尊重她们的前提下进行。那些所谓的霸道总裁爱上我的小说和电视剧，都是不切实际的幻梦。这并非简单的"看脸"逻辑，而是所有真正的爱，它的本质都以对方的幸福快乐为大前提。而强制和自私从一开始就注定了与幸福快乐无缘。这样的爱情，纵然有再多浪漫的元素，也还是一样让人愤怒多过感动，更别提什么天长地久后续发展了。

我对诗人说，作为一个女孩子，我认为他的做法不妥。他需要给喜欢的姑娘一些空间，并且给予尊重。也许他不该那么一厢情愿，也许他不该太过"想当然"。这样"霸道"的行为有没有让他显得很man，我不做评价。我能够确定的是，这种做法让他显得很不gentleman。而一个能够为他人着想的绅士，或许比一个只会承包鱼塘的

"总裁"要可爱上许多吧。

诗人困惑地离开了，从此没有再来排练厅找过小周。小周告诉我们，她已经把收到的所有礼物都退了回去，交给了诗人的室友。这件事情终于告一段落。只是江湖上关于霸道总裁的传说并不会很快散去，反倒在不断蔓延。

最近大家都在追的一部日剧，让"霸道和尚爱上我"成为姑娘们最新的情感心声。可是我想象着，我想象着一个男人，站在我面前，对我说："恭喜你，我要娶你为妻。"没有相互了解的过程，没有相互磨合的过程，没有给我自主选择的权利，就这样对我宣布，那我大概是会气愤的。我不会看他的脸。我只会对他说，请他带着他的爱，赶快"狗带"。

09 致我们的单身时代

　　最近有部电影正在大热，片名叫作《我的少女时代》。室友西西去看了，回来后向我们汇报观影心得时，对这部片子赞不绝口。她说尤其是片子最后，言承旭出场的那一幕，博得了全场女性观众的呼喊。刹那间，所有关于"道明寺"的回忆翻涌而至，将大家一起带回了那个有关F4的荣耀时代。可以想见，氤氲了一整部电影的少女心，在最后这一刻集体爆发出来，那一定是个充满粉红桃心的场景。

　　可惜我没有看过《流星花园》，听了西西的叙述，虽然也被感染，但是感触毕竟不深。不仅仅是《流星花园》，大部分的青春偶像剧，我都准确无误地错过了，或者说是机敏灵巧地躲闪开了。当大家追逐着浪漫爱情故事时，我追逐的是《重案六组》《案发现场》这一类的电视剧。当女孩子们纷纷爱慕上了英俊潇洒的偶像男神时，我只是一直对《重案六组》里的大曾和《案发现场》里的郭队芳心暗许。长期以来我不能涉足闺蜜们之间的电视剧话题。好在有发小相伴，令我没有一刻感觉到孤单。

我的发小小蓟，永远剑走偏锋，与我一拍即合。我们在小学一年级的"翻斗乐"上成为朋友，此后便不曾分离。所谓朋友，的确是不同身体里的同一个灵魂。我与小蓟之间具有一种天然的联系，这种联系外化为友情。而内在却显然要丰富得多，表现为我们有一样的兴趣爱好，吃东西的时候一样的口味，对待大部分的人和事都有一致的看法。当然，我们也一样胆小，一样老实，一样乖得过分，在人潮之中经常被人推来搡去。不过不用在意这些细节，重要的是，我们都一样没有经历过所谓的少女时代。如果让我们回忆中学时代的青春，我们的回应会出奇地一致——那根本不是少女时代，那是我们的单身时代，那是我们的"黑"时代。

当然，这种"黑"，是指"黑历史"的那种黑。

我跟小蓟并没有进入同一所中学就读，但情况很雷同。我们都属于乖乖学习，其他方面比较普通的人，通常情况下不引人注意。而在青春浪漫故事的安排里，一般有两种情节：其一就是漂亮校花与帅气校草之间的彼此拉锯，其二就是"丑小鸭"爱慕上了"白天鹅"。无论甜蜜还是苦涩，不外乎就是这两种套路。然而很遗憾，这种分化太过极端，大部分人都不是校花校草，也没那么多所谓的丑小鸭。我们都是普通人而已。

不同的是有人不甘于自己的普通，开始为自己编撰青春故事，把自己的爱恋演化成为惊天动地的大事。其中有个代表人物，就是我跟小蓟共同的朋友，爱丽丝。

爱丽丝是我们的小学同学。她的本名比较普通，只是因为非常喜欢《爱丽丝漫游仙境》这本书，于是在这里我们就用主角的名字来称呼她。五年级的时候爱丽丝就在班级里追求过一个男孩。当时可谓是一石激起千层浪，大家对她的勇气颇为佩服，同时也似乎为小学时期的男孩女孩们打开了一扇新世界的大门。

我跟小蓟实在老实得过分，跟爱丽丝并不属于"同一挂"，所以交情不深。本来以为毕业之后就不太可能有机会联系了，没想到高中时一次我去小蓟家里玩，竟然在院子里碰见了爱丽丝。原来她家搬到了小蓟家附近。看到我们，爱丽丝非常高兴，拉着我们说个不停。她说中学的班级里没有交到好朋友，连个说真心话的人也没有。我们很好奇，爱丽丝并不是内向或不好相处的人，就问她怎么回事。

这下爱丽丝可打开了话匣子。她告诉我们，她喜欢上了同年级里一个"最帅"的男生，可是她班上的"班花"也喜欢那个男生。虽然一切都没有挑明，但同学们也都看在了眼里。按她的话说，自然是支持"班花"的人数更多些，因此她就遭到了排挤与孤立，有苦说不出。

我们问："那个男生想要跟谁在一起呢？"

爱丽丝说不知道，男生对谁都很亲切，对谁都很热情，看起来就像个神一样，走起路来都会闪闪发光。只要他一笑，就会有无数女生心潮澎湃。简而言之，男神走到哪里，都会刹那间"迷倒一片"。可在这"一片"之中，缘何只剩下爱丽丝与"班花"二人巅峰对决？爱丽丝的解释是，别人都"有贼心没贼胆"，唯有她敢于"迎难而上"。纵然觉得跟男神恋爱一场不切实际，但还是觉得这么争取一次，算是个壮举了。在爱丽丝看来，这就是轰轰烈烈的爱，这样的爱非常浪漫。

跟爱丽丝分别后，小蓟对我说："世界上真的会有那么迷人的男生吗？此处存疑。"我对小蓟说："一场普通的三角恋而已，为什么渲染得如此神奇？此处存疑。"然后我们没有继续讨论下去，毕竟我们对此兴趣不大，觉得这种生活距离我们还是太遥远了。

大概一星期过后，爱丽丝给我打来了电话。她情绪十分激动，说不得了了，她跟校草有了一次亲密接触的机会！原来老师安排她去办公室整理期中考试的成绩单，没想到校草也在那里做着同样的工作。两个人共度了一节自习课的时光，相谈甚欢。彼此的眼神交流中，都充满了火花，这就是初恋的感觉。可是当天晚上，她又看见校草跟班花小姐一起走出了校门。这一幕令爱丽丝万箭穿心，发誓要想尽办法破坏他们之间的关系，让他们连普通朋友都没得做！否则她觉得自己在学校里的每一天都无法正常度过了。

我有点吓坏了，慌忙劝她不值得这么生气。大概也是由于我缺乏类似的感情经历，说出的话也不怎么中听。我连"天涯何处无芳草"这种低级段数的好话都说不出来，反倒是另辟蹊径地说了一堆"为了一个男生，你至于吗？眼下还不如好好学习，你期中考试成绩怎么样"的废话，对于怒火中烧的爱丽丝来说，无异于火上浇油。她挂了我的电话，转而打给小蓟。不料小蓟的表现还不如我，她非常直白地表示："这算啥啊，不就是他俩的关系比你俩好吗？你别理他们，眼不见为净！"

当小蓟把她的这一席话描述给我听时，我忍不住笑了。我说："我们俩真不算什么合格的朋友，完全没有给出有用的建议，反倒还一直泼冷水。"小蓟说："那没办法，我们的感情生活太不丰富了，我们都觉得眼下有比这种爱情美梦更重要的事情啊。"她说得没错。我对爱丽丝的内疚感还在，于是特意发了很长的短消息过去，内容以称赞她的优点为主，还特意强调了"大学里一定会碰见更适合自己的恋爱对象"。那时候我可能还不知道，这是一句老套的谎言。

无论我们的反应如何，爱丽丝还是将自己的打算迅速付诸了实践。她选取了一个不怎么光明正大的方式，编造了一个"班花小姐同时结交了好几个男朋友"的谎言，希望传到校草耳朵里。没想到这个谎言刚刚开始散布，就被老师发现，通过一番谈话后，顺利将其扼杀在了萌芽阶段。班花小姐对此很愤怒，声泪俱下地斥责了爱丽丝。爱丽丝低头道歉，自己心里也五味杂陈。这一段故事倒是传到了校草耳朵里，他写了张字条传给爱丽丝。爱丽丝欣喜地跳了起来，觉得这真是"塞翁失马，焉知非福"。她告诉我们字条的内容甜蜜极了，校草并没有责备她，反而说，他知道爱丽丝这么做都是为了赢得他的注意，所以他很感动。

我跟小蓟知道这一切的时候，半晌都说不出话来，不清楚故事到这里究竟是个什么走向。男主角亦正亦邪的特性让人难以捉摸，女一跟女二之间来回互换，搞不清楚这到底是个什么剧本。小蓟对爱丽丝说，这个男生真是怪异，还是不要跟他来往为妙。而我当时说了什么我已经忘记了。根据小蓟的记忆，我当时还是在强调功课的重要性，甚至再度询问了爱丽丝期中考试的成绩。真不敢相信，我曾经是如此令人讨厌的一个角色。如果放在电视剧里，我的戏份一定不超过两集。

进入高三之后，小蓟的爱情故事还是纠缠不清，如同一团乱麻。她还是经常找我们诉说，只是我们都没有那么多时间来倾听了。我时常是把电话调到"扬声器"模式，然后一边做自己的作业，一边有意无意地应和两声。小蓟跟我的做法趋同，不过她的应和可能更冷淡一些，让爱丽丝有所察觉，还跟我抱怨过几次。

第一次模拟考试之后，校草找到爱丽丝，问她准备报考哪所大学。爱丽丝当然是满怀憧憬地表示，他去哪里，自己就去哪里。校草笑了笑，随即报出了一所大学的名字。那所大学的口碑并不太好，但是有个可以出国留学的项目。校草有意出国，所以做了这个选择。爱丽丝也想报这所大学。我跟小蓟都劝她要三思，希望她去争取一所更好的学校。但是我很清楚，爱丽丝不会听我们的。她已经深陷于自己编织的爱情故事当中，习惯了扮演一心一意追逐着校草的痴情角色。我时常想，或许我们每个人都活在自己的故事里。可能这故事不分好坏，可是对人生走向的影响却是不同的。爱丽丝这样的状况，不知道会有怎样的影响。

爱丽丝没能追随校草去报那所学校，因为遭到了母亲的阻止。为这事她跟母亲大吵了几天，甚至闹到要离家出走的地步。小蓟问我："这就是爱情的力量吗？让人丧失理智，跟亲人反目？此处存疑。"我说："不知道啊，爱情如果非要如此跌宕起伏又让人心累，那要它何用？此处存疑。"

高考结束后，爱丽丝就跟我们断了联系。听说她交了新男友，大概是觉得我跟小蓟对她过去的恋爱经历太过了解，觉得不好意思，于是疏远了我们。这无可厚非，我跟小蓟也不是称职的朋友，这种关系早晚要完，都有心理准备。只是透过爱丽丝，我开始发现，身边类似的爱情故事不在少数。它们都一样的曲折、反复，有很多不为人知的心路历程，或止步高考，或在高考后开始茁壮成长。观察着这些故事，就好像自己也经历了一场跌宕起伏的"少女时代"。

回观我的少女时代，似乎学习是第一位重要的事情。每天都有做不完的习题、背不完的知识点。每天我们都在念书和考试中度过，担心模拟考试，担心数学成绩，担心每次的排名，担心自己一瞬间把记住的东西全部忘记。如果有些快乐的事情，大概就是看看闲书，买点零食，课间时候大家叽叽喳喳地说话吧。不知道托了谁的福，并没有哪个男孩子让我牵肠挂肚。也不知道是不是上辈子积了德，也没有谁为我死去活来。这让我的少女时代简单得犹如一汪清水，回忆起来，大概没那么多黏腻的情绪吧。

不过话说回来，也不知道是造了什么孽，这一切都在我的大学时代里找补了回来。我居然在大学时体验了一次一见钟情，此后每次想到我喜欢的男孩子，我居然都会忍不住傻笑。他如果跟我说了句话，我的第一反应居然是捂住自己的脸。

小蓟知道这事后大笑三声，说你也有今天啊。

我觉得我好像能理解爱丽丝了，可是又跟她不太一样。不过这样的感觉也挺不错的。我觉得可能我终于长大了，而爱丽丝她们，大概比我更快长大吧。这种长大虽然有些心酸，但总归还是好的。世界上的浪漫太少了，我们得给自己编故事的权利。只是故事终究是故事，还是要记得回归到粗粝的现实中来。

　　不管是无人问津还是心无旁骛，愿姑娘们的少女之心不死吧。

10 你爱他，你确定？

我们总是对那些能够"说忘就忘"的人怀有深切的羡慕之情。大部分人，正如同你我，都对回忆眷恋不舍，动不动就在夜深时刻插上耳机，听一首老歌，想一个旧人。

有段时间网络上有个问题火得很，就是说"我可以问你最后一个问题吗？"这个问题的潜台词往往是"你爱过我吗？"，因此，它的标配回答永远是"爱过"。仿佛咬牙切齿，一手捂紧胸口，眼角有泪滑过，才能准确表达这区区两个字的具象意义。然而并不是所有人都能够如愿听到这个苦涩却浪漫的回答，毕竟在很多时候，人并不能够确定自己是不是爱过，因为爱这回事还是挺难的。

最近子凡就有这方面的困惑，因为被前女友质问了，而他哑口无言。那一刻女孩子脸上的尴尬与错愕深深印在了他的脑海中，愧疚感久久挥之不去。他必须想明白这个问题，不得不日思夜想。有可能跟自我剖析相比，向他人求助总是更容易一些，于是子凡问了很多朋友，包括我。在饭桌上，他猛一抬头，好一副苦大仇深的表情，继而用香水广告里一样低沉迟缓的声音发问："你们说，我爱过她吗？"简直令人震颤。我们都傻眼了。

没人愿意陪着子凡把这一出戏演下去，但是大家都很关心他的精神状况。他这人心眼儿实，遇到事情就喜欢钻牛角尖，一条道跑到黑，很需要朋友们及时拉他一把。大家都帮他分析这段不久前刚刚结束的恋情，情况很复杂。

子凡的前女友叫小优，是个人如其名的优秀姑娘。两个人一起在电影院里看《后会无期》，里头的经典台词"我从小就是优，你叫我怎么从良"一出来，他们彼此对望了一眼，然后一起笑了。这就成了两人之间一个默契的秘密，时不时拿出来开玩笑，那也是他们感情好的时候了。小优很喜欢跟子凡开玩笑，他们默契地一起笑起来时，看起来是很登对的一对儿。

小优比子凡小两岁，两个人经过朋友介绍认识，一起出去玩了几次。子凡对小优认识深刻，说她眼神温柔，笑起来还有酒窝。朋友们觉得他对小优有意思，就帮忙打听，很快传来快报，小优还是单身，而且对子凡印象不错，觉得他有点像徐峥，而且很逗。既然双方都有好感，怎么就不能迈出那一步试试？有人劝子凡主动一点，说，都是二十啷当岁，大家一起交交朋友，干吗畏首畏尾的？

这话刺激了子凡，给了他一些勇气。他很快就找机会约了小优出来玩，对方很快应允，态度也很热情。随着他们一起出行的频率渐渐提高，两人对彼此的了解也不断加深，没过多久就走到了一起。我们作为后援团，自然欢欣鼓舞，催着子凡请客吃饭。然而恋爱不是简单的请客吃饭，这段恋情之间的波折是子凡不曾想到过的。

　　首先出现问题的是子凡。子凡曾经暗恋过一个姑娘，那个姑娘不知情，或者说，假装不知情，始终跟子凡保持着好朋友的关系。她碰巧到子凡所在的城市里实习，子凡自然忙前忙后，帮着找住处，买东西。这些都在小优面前报备过了，没报备的是子凡心里曾经有过的那份好感。然而这种东西很难藏匿，再加上女人的直觉，小优很快就察觉了其中的不对劲。于是在某天下班后，她按图索骥，找到了那位姑娘的新住址，一上楼，就看见房门敞开着，自己的男朋友正在里头当牛做马，忙前忙后。

　　子凡表示，当他看见小优的一刻，有一种做了坏事被抓包的恐惧感，还瞬间脑补了两个女孩子为了他相互撕扯头发，展开一场大战的激烈场面。这显然是胡思乱想。小优并没有发火，反而表现出了十足的热情，向那位刚刚还对着子凡颐指气使的姑娘嘘寒问暖，说："你有什么事需要帮忙，一定要叫子凡来弄，千万别怕麻烦，也别怕累着他。"俨然一副奴隶主嘴脸。那位姑娘也很聪慧，意识到小优来者不善，目的是来宣示主权无疑，立刻表明决心跟立场，说："麻烦子凡真是太不好意思，好在这一茬忙完就没什么事了，改天一定请你们吃饭来表示感谢。"

子凡在一旁吭哧吭哧地整理着家具，听着两个女人虚伪地发展着友情，感到了由内而发的一阵战栗。后来他对我们说："女人啊，危险哪！"

大家都知道"改天请你吃饭"的另一种说法就是"永别"。那位姑娘并没有请小优和子凡吃饭，倒是客客气气地对子凡道了谢之后，就直接断了来往，不仅不再聊天，连子凡的朋友圈她都不再点赞了，明显是要撇清关系，不想惹小优烦厌。不过小优也没有追究子凡的问题，就像是什么都没发生过，对他始终如一。我们一致认为小优的表现大方得体，颇有大将之风，比某些爱吃醋耍小脾气的女孩不知道要高到哪里去了，纷纷恭喜子凡找到了一个靠谱的女朋友。倒是子凡表现得有些尴尬。他脸上犹豫的神情让我们多多少少有了一些不好的预感。

接下来，又发生了一件事。小优的爸妈知道了有子凡这号人物，就要小优带子凡来家里吃饭。那会儿两个人正式交往已经半年多了，感情也很稳定，小优就很大方地对子凡提出了这个邀请。毕竟她很希望两人的恋情能够得到父母的认可，这样就能为未来的发展打下基础。子凡明白这是件好事，女朋友愿意把自己介绍给家人，说明心里已经认可了他。

"对于一个长相酷似徐峥，但是比徐峥还要胖一些、矮一些，但是才华却远不及徐峥的男人来说，这难道不是个好消息吗？"一个"毒舌"朋友说出的这句话，引起我们的哄堂大笑。子凡骂我们是损友，我们立刻表示，愿意帮助他出谋划策，确保拜见岳父岳母大人的时候万无一失。子凡撇撇嘴，说："什么岳父岳母啊，八字还没一撇呢！"

他既然这么说了，就是把内心的犹豫不定表现出来了。不确定的东西就是不想要，这是个道理。第二天子凡就对小优说了自己的想法，他不想去小优家里吃饭，也觉得现在见家长没什么必要。他害怕这么快就谈婚论嫁，他觉得一切为时尚早，他紧张，他害怕，总之他不能去。

小优的态度还是很大方，先是感谢了他的坦诚，然后适当地表示了自己的惊讶，接下来进行了细致的解释和劝说。小优说，这并不意味着要谈婚论嫁，只是去家里吃顿饭，让父母认识一下，让子凡别想得那么严重。她说了很多，态度很温柔，小心翼翼地回避着敏感的情感疑问。很显然，她感觉到了子凡内心对这段感情的不确定，但是她愿意给他时间。

子凡还是拒绝了。他拒绝的时候，眼睁睁看着小优眼神中浮现出的巨大失望。这种失望令他感到一阵心痛。但是他还是决定说出内心的真实想法，因为他不想骗她，她这么好，他怎么能骗她呢？

也许是"她太好了，我不能骗她，我不能耗费她的青春"这种想法侵袭了子凡，他开始认真考虑两个人的关系问题。到底要不要继续走下去？他很犹豫。但紧接着又发生了一件事，这件事等同于帮助子凡做了个决定。

小优去参加了一次同学聚会，在聚会上遇见了学生时代颇有好感的男同学。对方对小优非常热情，说一定要经常来往。为表坦荡，他还主动加了子凡的微信。子凡对这个年轻男子印象很好，能够感受到他对小优的感情，但是子凡并没有感觉生气。

小优跟子凡提起这个男同学来，言语间有些试探的口吻，大意就是这小子对我好像有点意思，但是我告诉他我已经有男朋友了，他还说能当我男朋友还真是有福气啊之类的。也许她期待着子凡有一些稍微激烈点的情绪反应，比如，"那小子什么意思啊，你可得跟他保持距离啊"。但是子凡没说。子凡只是笑了笑，说："他人挺不错的，工作条件也很好，你们多走动走动吧！"

小优惊愣地瞪大了眼睛。她试图告诉子凡，她并没有要跟男同学过多走动的意思。然而子凡扪心自问了一会儿，很快就明确地意识到，自己内心并不在乎这些。他非常疲惫地说："我真心觉得他跟你可能会更加合适……"没有说出口的后半截话是"他应该比我更喜欢你"。这种话不能说，说出来太伤人了。

小优气得哭了。子凡就看着小优在哭，看了一会儿之后觉得自己真是个渣男啊，赶快把纸巾递上去，但还是说不出别的话来。小优说："你的意思就是要跟我分手吗？"子凡迟缓地点了点头。小优哭着问："那为什么啊？你总得告诉我，为什么？"子凡沉默了，他也不知道为什么。他老是觉得，自己跟小优发展不到长相厮守的那一步了，老这么耗着也不是个事。那位男同学的出现相当于推了子凡一把，催他赶快做出正确的决定。这个决定就是，小优并不是他心里的那个唯一，他一定要放手。当他客观地意识到小优有多么好时，他不能再耽误小优寻找自己的幸福。

就这样，在沉默之中，他们分手了。小优问了他一个问题："你爱过我吗？"

子凡没回答。时空凝固了几秒钟，直到小优转身离开，子凡的世界才重新滴滴嗒嗒地运转起来。他感到有些难过，也很想念有小优陪伴的生活，可他还是由衷地松了口气。

这件事情原原本本地被我们知道后，大家都骂子凡，怪他伤了一个好女孩的心。他说他认骂，他知道是自己不好，可他就是不能骗小优，这是他的坚持。他真的不知道自己有没有爱过小优，回顾整段感情，他对小优的感觉一向是客观的——她很好看，她很温柔，她很优秀。可是缺乏任何感性的好感，比如她是不是可爱？自己是不是想要跟她永远生活在一起？子凡很浪漫，他说爱一个人就是想要永远跟她在一起。可我想子凡也很不浪漫，那就是在不能确定爱之前，他绝不愿意浪费一丝一毫的感情。可是这世界上啊，究竟有多少爱，是可以被确定的呢？

我听过很多朋友形形色色的爱情故事，很少有人平顺如一，大都充满挣扎波折。但即便经历了很多，还是有人直到最后都不确定自己是不是爱着眼前这个人。爱可能是世界上最幸福的事，所以为了得到它，很多人会乱了方寸，忘了听从自己的心。也有人天性犹豫不决，不能确定，不敢迈出那一步。但我想，或许这种模糊的感觉，才是世界上爱情的本来面目吧。或许那些百分之百确定的，教人生死相许的完美爱情，只在虚构的故事里存在，现实生活里太少太少了。但能遇见一个愿意跟你这样模糊一阵子的人，已经算是件不容易的幸事了。

我没怎么骂子凡，他的困惑我解答不了，而他的做法虽有不妥，却没有太大错误。倒是被其他朋友骂得怕了，子凡数次想要给小优打去一个忏悔电话，决定好的台词就是"我错了，我是个渣男，不管是不是爱过都已经成为过去，今后你要好好的"，但每次都被我拦下了。我想每个女孩子都不希望自己喜欢过的男孩对自己说出那句"我是个渣男"吧。但另一句话却说得不错，"不管是不是爱过都已经成为过去"，真是至理名言。虽然这挺难的，但有时候你就是不得不moveon，向前看了。

我没有告诉子凡，其实我挺不赞同给不确定的爱冠以什么浪漫的名声，像他这样，不确定就不确定，就很好。

在不确定的过程中，慢慢认识自己，慢慢长大，这才是这个世界教会我们的事。碰到自己不确定，对方却很确定的时候，要记得别耽误对方太久。碰到自己能确定，对方却不确定的时候，那伤心就是难免的。可是爱情啊，就是要在这种磕磕绊绊之中渐渐尘埃落定。咱们可能永远也做不到"说忘就忘"，可有时候记得也挺好。记得得到过的苦辣酸甜，这就是最简单的人生意义。

有人问我，怎么才能判断自己是不是爱上一个人了。我想这因人而异。对我来说，如果我一个人的时候，想起他来也会忍不住笑，那我就会想，差不多了吧。

差不多了。

*Romance needs to be
revealed*

Romance needs to be revealed

第二章

· ·
· · · ·
· · · · · ·
· · · · · ·
· · ·
·

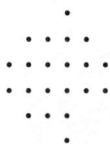

【患上"不浪漫综合征"】

~~~~~~~~~~

浪　漫　需　要　揭　穿

——

01 单身不可耻，哈喽干物女

　　我的朋友卓卓热衷于举办聚会。不举办聚会的时候人很萎靡，一举办起来整个人都活了，一个人也能走出浩浩荡荡的气势，仿佛一家移动起来的婚庆公司。卓卓举办的朋友聚会往往汇集八方来客，时不时会有一两个神人出现。我在此类比较大型的集体欢乐场所里往往显得束手束脚，因此参与的时候并不多。就在上个月，我参与了一次，就这样结识了小邱。

　　小邱是个漂亮姑娘，属于站在人堆里，不用费力扒拉也能一眼就瞧见的主儿。她个子高，平胸，栗色头发及肩，长手长脚。卓卓介绍大家认识，别人都热情而夸张地嚷着"久仰"，只有小邱平静地坐在桌角，只微微欠了欠身。卓卓说："这位是小邱，传说中的干物女！"我怕卓卓心直口快贴上的标签会惹人不快，下意识地拉了卓卓一把。小邱显然捕捉到了这一幕，她朝我咧嘴一笑，露出一口白牙。

我跟小邱坐到了一起。作为一个并不算资深的日漫粉，我对"干物女"这个词还不算陌生。网络上说，"干物女"指的是认为恋爱太麻烦，比起恋爱更愿意宅在家里休闲娱乐的年轻女子。小邱显然年轻，看起来也有种独身主义的酷劲儿。我问她介意被人说成是干物女吗？小邱笑嘻嘻地说："这有什么可介意的？平时我都是自己说！"旁边一个姑娘好奇地问："那你真的不恋爱吗？"小邱依旧笑嘻嘻地说："恋爱那种事啊，怪麻烦的。"

老实说，青年男女们的聚会，难免带着点异性联谊的气息，很难单纯地吃饭聊天。当饭桌上的话题渐渐远离了诗和远方，开始涉及情感婚姻时，场面火热起来。我的功夫全在纸上，让我开口说些什么爱情哲理，我是一句也说不出的，只能沉默着吃菜。跟我一起吃菜的只有小邱，她看起来陶醉于眼前的美食，像是到达了一个无声的世界。

"大家的……情感经历都很丰富啊。"我忍不住开了口。小邱扑哧一声笑了，她小声对我说："能这么大声嚷嚷出来的，算什么情感经历？真感情谁也说不出来，宝贝的东西都自己藏着呢！"

我简直要为小邱的犀利手动点赞了。接下来我们相谈甚欢。她为我讲述她作为一名青年插画师的有趣生活，讲述一个人住的幸福美好。在彼此喜欢的动漫作品上，我们很快达成了一致，颇有些相见恨晚。聚会结束后，我俩还依依不舍，相约要去附近的烧烤摊续摊儿。卓卓猛地把我拉到一边，严肃地问我怎么一下子就跟小邱那么熟，我说："这不是刚才坐到一起了吗？"卓卓长出一口气，说："你们只是坐到一起了？我以为你们就快走到一起了。"

原来，由于小邱长期单身，很多朋友们开始怀疑小邱并不需要男朋友，有可能需要的是女朋友。为此卓卓对我与小邱的友情表示了质疑。不过我并不担忧，时间会给大家答案。而事实证明，这些猜测都属无稽之谈。小邱是真的无意恋爱，渐渐熟悉了之后，她时常对我说，生活博大精深，爱情只是一小部分。

爱情果然是一小部分，就像饼干碎屑，是小邱丰富多彩的宅女生活中非必要存在的东西。小邱邀请我和卓卓去她家里玩，显然那里才是她的领地，可以让她尽情放松。我们走进房门都感到豁然开朗，这里温暖舒适，好像包含着整个宇宙。墙壁上挂着的大幅插画显然是小邱的手笔，一样大幅的人物海报显然是小邱的最爱。书架上摆满了经典漫画与小说，柜子里是小邱钟爱的动漫手办。冰箱里塞着冰啤酒和果汁。地桌是小邱的工作台，旁边有装满巧克力的玻璃罐，有触手可及的薯片和果冻。我赞不绝口，卓卓也吃着薯片赞不绝口。小邱兴高采烈地拿出两个遥控器，告诉我们她昨天刚刚买了新的电脑游戏，大家可以一起玩。

　　我感到小邱的家是一个完美的家，不出门也可以坐拥世界。小邱则跟我强调，家中的物质生活并不重要，重要的是要有自己的精神活动。每天她自己烹饪，烤戚风蛋糕，放上音乐，读书画画。累了的时候就喝着冰啤酒看电视剧，困了倒头就睡，生活自在如风。小邱认为出门活动有些麻烦，那意味着精心挑选衣服、精心化妆，还需要精心打起精神跟人对话。小邱厌烦"女为悦己者容"这句话，正像她说的："我打扮漂亮是为了自己高兴，我不打扮很随意地生活是为了自己轻松。我不为男人，我过得很好，我不为他们而劳累自己。"对此我深表赞同。小邱接着说，她一想到如果恋爱了，自己便不得不每天打扮，每天思考如何跟男友相处，这些事情需要花费的时间和精力令她害怕，因此她享受单身。

　　卓卓撇着嘴告诉我，朋友之间曾有过两个男孩对小邱动心，但是都遭到了小邱的无情拒绝。问及原因，她总说自己现阶段还不想恋爱。久而久之，大家就给小邱贴上了"干物女"的标签。别人问小邱，看见情侣们甜甜蜜蜜地出双入对会不会心生羡慕？小邱笑着说："当然不会，恋爱中的宝贝们最可怕，因为智力水平堪忧。"我听了这话，又是忍不住要手动点赞。卓卓一副担惊受怕的样子拦着我，反复说："你可别像她那样啊！你可不能在单身的路上越走越远啊！"

卓卓的想法代表了大部分人的想法。也不知道从什么时候起，"有恋爱可谈"成了部分人心中的优越感。乐于自嘲的单身男女们开始自称"单身狗"。这个并不怎么美的称呼，在社交网络上花开遍野。男生们不顾节操开始大声吆喝着找"妹子"，女生们也开始大呼小叫地追"男神"。越来越多的人开始把恋爱关系当成衡量一个人整体魅力的标准，也就有越来越多的人认为单身可耻。大家虽不明说，可人人都感受得到。就在这样奇异的浪潮里，小邱的表现独树一帜。她就像一面迎风不倒的红旗，英姿勃发地告诉所有人，她活得很好。其实不仅仅是她，所有人没有了爱情一样可以活得很好。

有人给我介绍男朋友。我并不想交往，可是周围的人都在鼓动我。有人对我说，你自己一个人太孤独了，别再自欺欺人。有人对我说，再不谈恋爱就老了，过几年就嫁不出去了，越来越不值钱。小邱得知了这些后，义愤填膺地把所有劝我的人骂了一个遍。她愤怒于周遭朋友对于"恋爱"这回事的盲目抬高，更愤怒于大家对待爱情的随便态度。我劝她消消气，她一直问我："单身怎么了？女孩子单身就一定是孤单不幸的吗？这什么时代？"我告诉她："这是新时代没错，可惜很多人的想法还停留在封建社会。"小邱想了想，艰难地笑了。

小邱也不是一次都没有恋爱过。她在二十岁时的初恋刻骨铭心。男主角是大学同窗，个性温和，有些软弱。小邱跟他恋爱的时候，常常因为他的软弱而伤脑筋。换言之，就是经常需要小邱保护他。爱可以掩盖很多问题，可惜只是暂时性的。男主角习惯了依赖小邱，却不知道他给小邱带来了一些困扰。后来他出国，直截了当地表示希望小邱等他。小邱答应了。可他出国几个月后就快速地找到新欢，又直截了当地对小邱提了分手。那次分手提得如此干脆，让小邱以为他终于长大了，不再软弱，可以像个成年男人一样充满魄力地表达自己的情感诉求。

如果真是这样，那么小邱也是欣慰的。她当然立刻就同意了分手，随即去剪掉了一头长发，决定开始一段不用保护和照顾别人、只专心保护和照顾自己的新生活。没想到不出三个月，男主角又找小邱复合，一把鼻涕一把泪地说自己离不开小邱。小邱的内心几乎是崩溃的，她不喜欢这种黏人的羁绊，也不喜欢被人当成"回头草"。男主角说："你不是曾经对我说待你长发及腰，我便娶你可好？怎么把头发都给剪了？"小邱说："嗨，这些浪漫宣言都是有时效性的，你变心了，那我就过期不候了呗。"

从那以后，小邱开始讨厌不切实际的浪漫了。她转变思路，开始丰富自己的生活，把一个人的日子过得欢乐而舒适。只有爱情才意味着美好生活吗？只有恋爱才意味着不白白生活吗？大错特错！小邱对我说，这个世界上根本没那么多浪漫爱情让我们偶遇，在做梦之前，还是舒舒服服过好自己的日子吧。

为了维持现状，小邱也为自己做过很多次斗争。她父母曾经在她二十二岁时就为她安排一场接一场的相亲。起先她是顺从的，可很快感到了疲惫。"能想象吗？仅仅因为我需要结婚，他也需要结婚，我们两个就经人介绍匹配到了一起，为了完成那个共同目标而此生相伴。"小邱瞪大眼睛，露出牙疼的神情，"这样简直太可怕了！我连想都不敢多想！"为此她开始回避那些相亲，而对于所有见了她一两面、"单纯地因为她的外貌而决定追她"的男孩们，小邱一律说不。父母总说她年纪也不小了，再这么单身下去恐怕要做一辈子老姑娘。小邱曾因为这句话气得直掉眼泪。"为什么大家在面对一个单身的人时，个个都好像变成了拉皮条的老板？"小邱说，"为什么歌里也唱单身的人那么多，快乐的没有几个？为什么没有人说说单身有单身的快乐？是真的快乐，不是强颜欢笑。"

我能够体会小邱所说的这些。单身生活里的快乐应该也是人人皆知的。只是爱情永远是人生最重要的主题之一，大家都希望自己的生活是浪漫的，充满爱意，甚至充满暧昧，渐渐就把这种愿景物化成了当下的事实。如果像小邱一样的人多一些，也许"单身不可耻"的口号早就传遍了大江南北。又或许其实本来就有很多像小邱一样的人，只是我有幸看到的只有小邱一个罢了。但是这给了我不一样的启示，我也希望成为像小邱那样的人。

可很快我发现我做不到。我的生活也很广博，可是我想我并不是无意恋爱的。我毫不犹豫地认为单身不可耻，但我对于爱情仍旧充满向往，特别是对于我爱慕的人。于是我对小邱说，很遗憾我无法跟她一起，挥舞起干物女的这面大旗。小邱听了之后笑得更大声了，她说我错了，我错误地领会了她的意图。她真正想要表达的，不是人不该去追求爱情，也不是不相信爱情，她想要说的，无非是很简单的一句：每个人都该在保持自尊的前提下，独立地活下去，不被外界左右，仅此而已。我想小邱有可能是哲学家。后来小邱又对我说，无论如何，最重要的都是努力找到让自己幸福的生活方式啊。

　　我以为小邱说了一句废话，可想了想又觉得这是一句很高深的话。幸福生活是每个人的追求，然而怎么才能算得上是幸福，也许就没人能给得出答案了。有时候我们以为的幸福并不是自己真正想要的幸福，而是盲目地听从了别人的意见。无论恋爱还是单身，大概都是幸福人生中的一个环节。无论在这个环节里你选择了其中的哪一个，只要你有足够的信心和勇气，一样可以解锁接下来的惊喜和欢乐。

　　小邱已经成为我的好朋友，她给了我很多勇气。我祝福她接下来的人生。我同样也祝福其他的朋友。只是我再也不会像过去那样，一厢情愿地说着"祝愿你早日遇见白马王子"，现在我要说："祝愿你能够用自己最喜欢的方式，过最自在的生活。"愿你们都自在如风，也愿我自己。

02　遵守"不痴情契约"

叔准备跟慧茹恋爱的时候，慧茹正痴迷于武侠小说。《神雕侠侣》里那一句"问世间情为何物，直教人生死相许"整日被慧茹挂在嘴边。

叔约慧茹去高档饭店吃饭，目的在于表白。在慧茹纠结于餐前红酒应该喝多少才显得见过世面时，他问慧茹："你认为好的爱情是什么？"

慧茹脱口而出："跨越生死。"

叔的心瞬间凉了半截，他把一整扎的冰果汁推到慧茹跟前，用一只手捂住脸说："小点声，我嫌丢人。"

慧茹胸脯一挺："那你说好的爱情是什么？"

叔认真地说："是一起想着怎么好好活。"

后来叔把慧茹的武侠小说成捆打包拿回了他家，动作华丽潇洒。

　　叔再次准备跟慧茹恋爱的时候，慧茹浑然不知地想要主动跟他恋爱。慧茹的满腔热情按捺不住又无处释放，每次单独跟他在一起都显得手足无措。

　　叔约慧茹去看夜场电影，目的在于表白。"你认为爱一个人最重要的是什么？"电影散场时他问慧茹。

　　"为他牺牲。"慧茹小心翼翼地说，"为他创造最好的生活。"

　　叔的神情明显一怔，他问慧茹："你从哪里学来这一脑子三从四德的思想？"

　　慧茹咬着嘴唇："那你说爱一个人最重要的是什么？"

　　叔认真地说："是跟他一起创造共同的美好生活。"

　　慧茹没敢问万一她爱的人对生活的规划里没有她，那她该怎么办。叔表情严峻，目光坚毅，送慧茹回家的步伐华丽潇洒。

　　叔终于下定决心无论如何一定要和慧茹展开恋爱的时候，慧茹已经放弃了跟他恋爱的美好愿景。慧茹告诉我，说叔对她来说是遥不可及的梦想。他太成熟，把一切看得太透彻。在叔面前，她说什么、做什么都是幼稚可笑的。我试图告诉慧茹，也许正是她的天真烂漫吸引了叔，爱情里有太多的不确定，她可以设想所有最坏的情况，但还是应该抱有最好的期望。

　　最好的期望是什么呢？慧茹想，大概是一次浪漫的告白，一段甜蜜的热恋，一个盛大的婚礼，然后就是永远的长相厮守吧。不仅仅是慧茹，我相信这是大部分女孩共同的愿望。而在我——一个女孩看来，这一切都可以实现，这一切要求都不过分。只是我们不知道男生们都怎么想。

叔终于采取了实际行动，约慧茹去逛动物园，目的在于表白，并且暗地里告诉了我们很多朋友，让我们到场围观助兴。这次他不敢再随便向慧茹抛出那些严肃的问题，什么生死啊，什么爱恨啊，统统放到一边。我们带着欢乐的心情观看了猴山、虎穴，喂了羚羊和鹿。在前往熊猫馆的路上，叔终于开口了。他尽可能地要让一切显得自然一些，简简单单地问："慧茹，你愿不愿意做我女朋友？"

慧茹用看熊猫一样的眼神看着叔，半天才说："啊？"

我们在旁边爆发出了笑声。叔有点尴尬，说："我在对你表白。"

慧茹这才反应过来，她激动地跳了一下，然后又用手捂住了脸。我们跟叔一样，都认为这是一个人在惊喜之中才会表露出来的肢体语言。于是叔伸出手轻轻拉起了慧茹，而我们开始欢呼。慧茹把捂着脸的手拿下来，她的表情似乎有点尴尬。事后她说，她的内心的确是快乐的，可还是有一个小小的声音说，太不浪漫了吧，太潦草了吧？叔听了之后认真地对她说："你啊，真是中了浪漫的毒了。"

为了防止慧茹病入膏肓，叔与她约法三章，定下了三个约定。这三个约定有些特别，当慧茹告诉我时，我也感到有些奇怪。本以为会是一番海誓山盟、白头偕老的甜蜜承诺，没想到竟然是一份"不痴情"契约。

第一个约定，叔提出：慧茹不要为了迎合叔的喜好而隐藏自己的品味和性格，有任何困惑或不舒服的事情一定要立刻沟通，因为恋爱不是偶像剧，不能为了表面的和气而一味迁就对方。

伴随着这个约定，叔将之前打包拿走的武侠小说一股脑还给了慧茹，并表示了歉意。他说他将尊重慧茹的喜好，希望慧茹也对他坦诚相待，不要特意为了他而打扮，不要为了他而去做某件事。慧茹说："我一直以为你可以让我变得更好！"叔说："记住，你变得更好是为了自己，不是为了我，你的世界很大，我只是其中一个部分。"慧茹嘴上说着"哦"，私下里暗暗换掉了准备送给叔的情人节卡片，那上面写着一句"你是我的全部"。

第二个约定，叔说：要一起承担现实的压力，比如买房压力，来自父母亲戚的压力，等等，这是不可跨越的问题。他将慧茹引见给自己的父母，介绍时说这是我的女朋友，以后请你们多多关照，让慧茹心里一阵温暖。他也把自己对未来的规划告诉给慧茹，他打算什么时间买房，对职业上升有什么目标，等等。他也希望慧茹能够这样，两个人一起有规划地生活。

起初慧茹感到很沉重，这意味着她需要快速成长，像个真正的大人一样去思考。但是她赞成叔说的这些，他们是带着走进婚姻、一辈子生活在一起的期许来恋爱的，那么这个规划就显得非常重要。朋友们都很快感受到了慧茹的变化，她不再只想着看剧和逛街，而是对未来充满了干劲儿，还把短期目标分享给我们，就像一缕阳光照进我们的生活。我们很惊讶。起初以为爱情只会让人变得柔情似水，没想到爱情也会让人变得如此热爱生活。

　　第三个约定，是最重要的一条：如果两个人因为某些事情分开了，那么不许慧茹纠结着回忆不肯向前看。叔告诉慧茹，如果她对自己没感觉了，那么就告诉他。如果她觉得两个人的性格真的不合适，也要告诉他，不要让一些原本可以用分手就解决的事情非要拖到离婚才能解决。他不要慧茹痴情，反倒要慧茹把感情的事看得轻松一些。

　　慧茹有些生气，认为这是叔为了以后甩掉自己而预先做下的铺垫。我们也表示赞同，一起去声讨叔。叔只好偷偷告诉我们，说因为慧茹是个太重感情的人，但现实的变数又太多了，叔担心慧茹的痴情会让她生活得不快乐。听到这番解释，我们都愣住了，好像从来没有听到过这样细致的关怀。当时有一个朋友说，如果叔跟慧茹分手了，那么她就再也不相信爱情了。叔听了这话赶快喊停，说不能因为别人的变化就否定自己的爱情信仰，真爱是存在的，只是要放在平凡的生活里去接受考验。

　　叔跟慧茹的恋爱一谈就是三年。这三年里，他们也有争吵，不过总能够很快就和平解决。这三年里慧茹成熟了不少，她已经不再迷信浪漫的爱情仪式了，更加在意爱情在生活里的现实意义。她越来越强大了，我们都为她高兴，但是变数也随之而来了。

　　慧茹得到了一个机会，去外地的分公司担任部门经理。这是个好机会，那座城市也很宜居。她对叔说了这些，叔深思熟虑了一天，然后问她："是不是很想去？"慧茹说："想去，但是如果你不跟我一起去，那么我就不想了。"叔说："不，在这里不谈感情问题，你是不是很想抓住这个机会？"慧茹点了点头，叔说："好吧，那我知道了。"

　　之后陷入了大概为期半个月的动荡时期。叔去想办法调动自己的工作，然而未果。慧茹反复纠结着到底要不要接受这次升迁，每天四处询问意见，决定改了又改。他们不可避免地争执起来，显然都对对方的犹豫不决有些失望。慧茹希望叔能撇下一切，跟她一起去外地重新开始。叔的希望呢？他没明说出来，不过我们可以揣测，他多少有些倾向于慧茹能够留下来，或许争取在总公司里得到升迁，等等。

　　就这样，时间一天天过去，慧茹的顶头上司对慧茹下了最后通牒。这让慧茹害怕了。那天晚上她对叔摊牌，说她不想浪费这个机会。叔沉默了片刻，说："那么你就去吧，我支持你。"

他的话是这么说的，可是他没有表示他要跟她一起去。这也的确不太现实，叔目前的工作状况很好，让他丢下一切去外地重新发展很困难。一个人为了另一个人舍弃一切，这种事情听起来很美好，可做起来却有太多困难。慧茹也明白，所以没多说什么。叔安慰她说："你先去那边发展看看，我再找找机会。"

在慧茹将启程离开这座城市时，叔带她去坐了摩天轮。慧茹一直想坐摩天轮，曾经她觉得这是最浪漫的地方，好像可以两个人就这么一直转下去，永远不分开。现在她坐在摩天轮里对叔说："我时常想象如果你能在这里跟我表白就好了，甚至求婚。"叔说："是啊，其实我想过，应该在这里求婚。"话音落后，两个人沉默地对视着，各有所思。

从摩天轮上下来后，叔对慧茹说："我们都承认现实无法跨越，权衡之后又认为抓住现有的是最重要的，那么一切似乎都很清楚了。"

慧茹背过脸去擦着眼泪，她说："我明白了，那我们分手吧。"

叔跟慧茹分手了。我们原本以为他们绝不可能分手的，但这一切还是发生了。分手令他们两个都非常痛苦。慧茹去往外地后，几乎每天晚上都打电话给朋友们，说着说着就伤心了起来。我们都很清楚，叔说得没错，慧茹是太重感情的人，很难让一切就这么过去。她答应了分手，是因为她成熟到了可以理解现实的程度，但她的内心多么希望自己还可以像曾经那个幼稚的小姑娘一样，拉着叔的手大闹一场，这样他们就不会分开了。慧茹说，她现在已经不想着那些浪漫的仪式化的东西了，她只是思念她的爱情。叔成了她生活里的一部分，现在要把那部分拿走，她有些承担不了。

叔知道了慧茹的情况，他请假去看慧茹。慧茹看到叔后，又一次险些情绪崩溃，但是她忍住了。叔问她还记不记得那三个约定，慧茹说记得。叔说："最后一个约定，你没有好好遵守。"

叔说："我们在一起的时候，非常快乐。我们分开，是因为现实的问题，而不是感情殆尽或相互背叛。为了解决现实的问题，我们不是没有努力过，但权衡之后，我们两个都已经做出了选择。这种情况下的分手，是不得已，但也是求仁得仁的结果。你不得不承认，相爱却不能长相厮守的人有太多了，囿于这样的现实令人痛苦，这我承认，可是人不能永远活在痛苦里。"

慧茹哽咽着说："所以你已经不再痛苦了吗？"

叔摇头，他说："不，但是我记得你带给我的美好，每次想到那些，我就再次为我们的感情感到快乐。过去是很好，但已经到了时机向前看了。"

慧茹边哭边说："好，我会向前看的。"

然后他们一起做了一件事，就是把慧茹带在身边的、所有能够回忆起来的跟叔有关的东西都收藏在了一个箱子里，叔亲手把这个箱子束之高阁。叔说等她完全走出来之后才能再去管那个箱子，慧茹同意了。

　　然后叔就回来了。在回来的高铁上，叔一直忍不住地流泪，我想他的痛苦一定不比慧茹少。

　　有朋友私下里说，她认为慧茹跟叔之间的"不痴情"契约名存实亡，两个深爱彼此的人这样就是在相互折磨。可我总以为，不得不承认，距离之下，感情总会变淡。他们已经下定决心要朝前看了，必须尽快走出那个阴影，所以这份契约变成了一个助力器。很多人在发觉自己的感情变淡时会感觉内疚、后悔，甚至产生负罪感，逼迫自己继续悲伤。然而有了不痴情契约，他们就不会感到愧疚，也能够更加积极地去迎接新生活。

　　我只见识过这一份"不痴情"契约。虽然我想它的初衷是最后一条最好不要被使用，没想到还是派上了用场。但我对这样坦诚的爱情还是充满了好感的。我愿所有爱情里的朋友们，都能真情而不痴情。

　　我相信正在读故事的你们，也许心里也有着很喜欢却始终没办法在一起的人吧。

03　门当户对与认知相当

　　我的朋友宋有鱼前些天去相亲了。鉴于她目前学业已成，事业平稳，她的婚姻大事理所当然被父母提上日程。我可以毫不犹豫地承认，宋有鱼是一个年轻美丽的女子，身边不乏追求者。但宋有鱼还是要相亲的，因为这条道路可以在极大程度上保证一个重要条件——门当户对。

　　在我们年少无知的时候，我们无比厌烦"门当户对"这个成语。古今中外，所有动人的爱情故事似乎都在跟这个词语作对。公主会爱上侍卫，富家小姐偏偏对穷秀才情有独钟，言情小说里最常见的场景之一也是年轻有为的总裁爱上一无所有的傻丫头。人们爱好编造这种爱情故事，但并不爱好去实践它，又或者说实践它的道路上充满了太多阻碍。宋有鱼曾经差点实践过，不过在关键时刻在家人们的强制要求下悬崖勒马。

对方是宋有鱼在旅行途中认识的年轻男子，因为大她五岁，因此代号小五。两人共处一个旅游团之中，一见如故。小五长得微胖，为人幽默，张口闭口都在说笑话。尽管他看起来大大咧咧，但却粗中有细，每当看到宋有鱼需要什么，立刻会施以援手。如果宋有鱼皱了眉，他就会赶快询问是什么令她不快；如果宋有鱼笑出了声，他就会跟着一起哈哈大笑。从旅游团到达海岛的第二天起，小五就成了宋有鱼的专职摄影师，在每一个场景里不厌其烦地为她拍上几十张照片。当人拿起相机的时候，相机就成为那个人的眼睛。他的镜头老是对着谁，那就是他的眼睛已经圈住了谁。宋有鱼很清楚小五对她有意，她对小五也有好感，不过她为人矜持，很在乎分寸，于是对小五的态度依旧淡淡的。

旅行进行到第五天，是大家自由活动的时间。宋有鱼看了地图，想要租船去距离较远的一个小岛上看看，可惜大家似乎都没什么兴致。小五自告奋勇跟宋有鱼一起去。他们搭伴同行，一路说说笑笑，在小岛上看到了美丽的日落。宋有鱼专注地望着海天交界，半晌她转过头来，却发觉小五在专注地望着她。那一刻她忍不住有些心动，为这个男人对自己的倾慕而感到高兴，却也有些紧张。毕竟她跟小五认识的时间太短了，彼此之间还不够了解，谈任何深刻的感情都是不可能的。她这样胡思乱想着走在沙滩上，一不小心打了个趔趄。小五眼疾手快一把扶住了她。

此后他就一直小心翼翼地拉着她的手腕向前走着。只是拉着手腕，并没有拉住手，这显示了小五的分寸。宋有鱼心里很感动，决定旅行结束后跟小五保持联系。

这一趟旅行是十分愉快的。托小五的福，宋有鱼不仅体会到了被人照顾的温暖，还拍下了足够发十几次朋友圈的海量美照。大家在机场分别时纷纷互留联系方式，小五特意挤到宋有鱼身边来确认她的手机号码。当天晚上临睡前，小五就发来了消息，两人愉快地交谈，相约周末一起吃饭。

在周末赴约之前，宋有鱼内心对小五充满了期许与好奇。她又是想赶快见到小五，继续听他说那些有趣的笑话，又是存了一肚子的问题想要问他，关于他的个人情况跟家庭背景——显然，宋有鱼认真地把他当作恋爱对象，必须增进对他的了解。在此前聊天的过程中，宋有鱼曾经询问过小五的职业，不过对方总是要她猜。她猜了好多，什么程序员、摄影师、人民教师、医生等，但都不是正确的答案。小五一脸讳莫如深，说他就知道宋有鱼肯定猜不到。宋有鱼就打定主意，这次见面一定要问清楚。

他们在一家面馆碰面。馆子不大，但是干净整洁，热汤面端上来，噗噗地冒着热气，让人心里很动容。小五依旧说着笑话，也说着面汤里的学问，只是因为宋有鱼心里揣着问题，难免有些放不开，笑容也僵硬了。等到闲话说得差不多了时，宋有鱼就直截了当地提议："我们来一次

114

细致的自我介绍吧。"小五愣了一下，他说："我们不是已经认识了吗？"宋有鱼说："我们认识得太肤浅了，这次我们要重新好好认识一下。"

接下来宋有鱼介绍了自己的工作，介绍了自己的求学经历，也略微提到了一点家庭背景。她很聪明，并没有背书似的一整套说出来，而是说得很委婉，就好像写了一段有关自己的小传一般，毫不生硬地进行了讲述。她讲完了，自然就轮到小五了。她以为小五会尽量遵循自己的模式，然而并没有。小五言简意赅地说："哦，我没有什么经历，我是个厨子。"

宋有鱼有点愣神。她并没有想到小五会是厨师。也许她脑海里厨师的样子应该都要胖胖的，系着白围裙，头戴高帽子，满脸笑容才对。那么眼前的小五呢？她重新打量他，的确胖胖的，满脸笑容，就差厨师服了。想到这里，宋有鱼忍不住笑了，觉得他更加亲切。小五松了一口气，他说："哎哟，吓死我了，我以为像你这样的高级白领，一听说我的工作就会立刻甩脸走人呢！"宋有鱼说："不会啊，厨师是很好的工作，这样你能做很多好吃的给我，我为什么要走人呢？"小五很感动，不过还是模仿着周杰伦的样子，搞笑地说了一句："哎哟，不错哟！"

故事发展到这里，还都是欢乐美好的剧情，但很快情况就急转直下。宋有鱼的妈妈发现了宋有鱼最近情绪持续走高，反复询问她感情方面有没有什么新动向。宋有鱼一高兴就全说了出来。其实她跟小五还并没有确立恋爱关系，虽然互有好感，但双方都是很有分寸的人，暂时还处于试探着的交往阶段。但宋有鱼提起小五，就忍不住把他的优点都拿出来说，津津乐道，如数家珍。宋有鱼的妈妈具备所有妈妈的敏锐与不近人情，当她得知小五是一家小餐馆的厨师时，她的火山爆发了。

那天晚上，宋有鱼在毫无准备的情况下就遭受了来自母亲的一番"轰炸"。既然都是高学历有素质的人，母亲并没有说出什么太过分的语言，而是用了一系列苦口婆心的假象来包裹那最核心的一句——"你们两个门不当户不对，太不般配了"。宋有鱼当然不服，目前来看，她跟小五感情走势一片大好，彼此很谈得来，连身高都正好差了十二厘米，哪里不般配了？母亲见宋有鱼有些顽固，立刻拉下脸来，要求宋有鱼不许再跟小五接触。她说的一句话很伤宋有鱼的心。她说："妈妈必须保证你嫁给一个能保证你优越生活的人，如果你非要去跟着别人吃苦受罪，那么家里人都不会祝福你们的婚姻的。"

这话很严重，宋有鱼一时间有些眼泪汪汪。其实她想说，跟小五在一起怎么就是吃苦受罪了呢？没错，她承认小五的收入的确不高，看起来似乎也没有太大的发展平台，可是他对自己很好啊。不过这些她没有说出口。她不顶撞长辈，只好一个人默默担忧。宋有鱼的妈妈很快叫来了宋有鱼的表姐和堂妹，一起对宋有鱼发动攻势。

表姐说起话来显然是话糙理不糙了。她说："小五人很好，但是不见得适合你。你想一想，他可能是攒了很久的钱才能出门旅游一次，而像你这样隔一段时间就想要出门去疯玩一趟的人，你们的经济水平在同一条水平线上吗？"堂妹说起话来显然就更糙一些。她说："姐，你要从你们家这么大的房子里嫁出去，嫁到他的小房子里吗？你要跟他爸妈生活在一起，从此侍奉公婆吗？你要……"宋有鱼听到这里，就已经无法忍受而说了"打住"。残酷的现实摆在眼前，宋有鱼眼下的生活条件优越，不管怎么说，她都是不希望自己的生活水准下降的。想到这里，她有些屈服了。

　　在这段感情里，家里人都冲着宋有鱼高喊"你快勒马"，但没有人关心她"你快乐吗"。在他们所说的那些大道理面前，小五带给她的温馨快乐显得苍白而脆弱。宋有鱼很难过地想，自己是否真的是个爱慕虚荣的人。这个问题很难回答，因为它是大脑自己提出来的问题。大脑一会儿自认为是对的，一会儿又开始自我怀疑，导致宋有鱼在思考中非常痛苦。后来她打算不想了，毕竟也还没有确立恋爱关系，先停一停也好。

　　小五再约宋有鱼时，宋有鱼就婉拒了。两三次之后，小五就不再约她。可以想象小五是很伤心的，他发来的信息显得干巴巴，一点搞笑的意思都没有。而宋有鱼的伤心并不比小五少，她又是伤心又是犹豫，整个人都瘦了一圈儿。就在这时，宋有鱼的妈妈正式安排宋有鱼相亲了。

这名相亲对象小潘是国家公务员，高学历，工作稳定，家庭背景也相当优秀。家里人对这个年轻人都很看好，催促着宋有鱼赶快跟他见面。宋有鱼就去了，两个人在商场里相见。见面之前两个人先发了发信息。对方态度很傲气，先是炫耀自己买了新车，要几十万，接下来又炫耀自己买了新手表，要上万块。

他动不动就谈钱的行为让宋有鱼很不满，对见面也就不怎么期待。终于相见，小潘高瘦，戴眼镜，看到宋有鱼后态度变得很殷勤，应该是被她的美貌所震慑，殷勤地表示自己已经在餐厅订好了位置。宋有鱼以为会是什么高级的需要预订的餐厅，毕竟对方动不动就讲"几万块"，内心还有点紧张。不料跟着小潘一路走去，晃晃悠悠就走进了必胜客的大门。这是宋有鱼内心的第一惊。

落座后，小潘让宋有鱼点餐。宋有鱼提议点一份自己平时很爱吃的比萨，小潘研究了菜单之后回绝了，原因是"你想吃的这款今天不是半价哎，我们还是点半价的吧"。宋有鱼没有想到这么短的时间内她就迎来了第二惊。不过她还是镇定的，表示可以，她吃什么都好。在此后的等餐时间里，小潘把袖子挽起来，把戴着的手表递到宋有鱼眼前："看看，上万块呢。"宋有鱼的脑袋嗡嗡作响，内心已经厌烦到极点，但为了双方体面，只好尴尬地笑着点了点头。

终于上菜了。第一道是宋有鱼点的肉酱意面。小潘注视着盘子，问宋有鱼："我能尝尝吗？"宋有鱼赶忙说："当然，我们一起吃就好了。"她一面说一面把盘子移到了桌子中央。没有想到的是，小潘拿起叉子，往自己的餐碟里拨去了半份意面。然后重头戏来了，他又一点一点数清楚了原先盘子里牛肉粒的数量，然后再一粒一粒地数着夹到自己的碟子里。等把这一切做完后，他才抬起头来对着已经目瞪口呆的宋有鱼笑了笑，说："我已分好了，现在我们一起吃吧。"

三次受到惊吓尽管让宋有鱼感到很难受，但也在短时间内提高了她内心的坚强度，直接表现为，当吃完饭买单，小潘明确地对服务员说"我跟这位小姐分开付钱"时，宋有鱼并没有觉得惊愕，甚至还爽快地多付了个零头。两人一前一后走出餐厅，宋有鱼在前，小潘在后。小潘说："哎呀哎呀，可惜我新买的车送去做保养了，不然真应该让你看看那辆车，别提多气派了，你肯定没坐过那么好的车。"宋有鱼没回头，姿态僵硬地挥了挥手，就跳上了一辆出租车回家了。

回家后宋有鱼忍不住哭了。她觉得这一天的相亲经历太窝火，真不知道该怨谁。也许吃饭的时候AA制并不是坏事，可为什么小潘要那样不停地表现他的富有，而完全不考虑宋有鱼的感受呢？这次相亲当然是失败的，宋有鱼回了家就把自己关在房间里，不理睬她妈妈的追问。

万万没想到，小潘在那次吃饭之后竟然对宋有鱼动了心，不停发来信息示好。不过他示好的方式依旧是不断炫耀自己的车、手表还有工作，宋有鱼一概不理。宋有鱼的妈妈对此有些不满，认为宋有鱼太不懂事，就这样让一门好好的姻缘告吹了。宋有鱼说："妈，我跟他真的不合适。"妈妈说："性格不合适可以相互磨合嘛，起码你们门当户对啊。"

宋有鱼气结，来找我诉苦。她问我："是不是恋爱对象一定要门当户对才行？"这个问题太深刻，原谅我也没有资格去给出一个答案。有时候我把恋爱想得太简单，我以为两个人只要感情好，那么客观上的困难都可以克服。有时候我又把恋爱想得太困难，毕竟能够找到"两情相悦"的对象，并不算太容易。

我能够帮助宋有鱼的，只是倾听她吐吐苦水，再告诉她我的想法。我不要求"门当户对"，我要求的是"认知相当"。门当户对更多倾向于家庭背景与经济条件，但是"认知相当"才是关于个人的内心与观念。只有跟自己认知相当的人在一起，两个人才会有话题可聊，才可以培养共同的兴趣，才可以一起规划未来。如果两个人的认知不处于一个频率上，那么恐怕多一分钟都不能相处下去。

宋有鱼不喜欢小潘，也不见得小潘就满是缺点。我想这也是双方认知观念不同造成的不合。比如两个人对财富的看法不同，在饮食等习惯方面也有不同，这样一来，无论给多少时间磨合，恐怕也很难获得幸福。

如果宋有鱼问我有关她跟小五的事情，我一定会告诉她，我支持她跟小五继续交往下去。原因很简单，并不是我想要看一看门不当户不对的两个人能否相伴终生，而是她跟小五在一起的时候，脸上的笑容非常真实。

有时候，跟一个人在一起是不是对的，别人怎么评判都没用，只要看看自己的表情和眼神，一切就都清楚了。

祝福宋有鱼接下来能收获美丽的爱情。

04 "一见钟情"与"日久生情"是单选题吗？

惠子被一个男人追求，对方相貌堂堂，年薪不低，显然是个情场"新贵"。可惠子心有戚戚，一直徘徊在相处阶段，没能让感情更进一步。

我们问惠子为什么，是哪里出了差错。惠子一撇嘴，说错就错在一开始，就因为一场公开会议，这个男人就对她一见钟情了。

他们来自不同公司、不同部门，居住地点也一个南一个北。若不是那次会议，两个人恐怕难有交集。平日里惠子不爱言辞，赶巧那次会议上硬着头皮代表小组发言。若不是她站起来说话，恐怕男人也不一定能从人堆里看得见她。在场的青年男女们，都统一着正装，仿佛黑压压一群乌鸦飞过来。惠子半长的黑头发，不算大的黑眼睛，坐下后小心翼翼地从口袋里掏出来又架在鼻梁上的黑框眼镜，都印在了男人的眼里。

　　会议结束后，男人向周围的人打听了一番，知道了惠子的名字，然后三步两步追上走向地铁站的惠子，并叫住了她。他表达自己好感的意图很明显，配合着脸上热情而诚恳的笑容，也并不让人尴尬。毕竟都是年轻人，先交个朋友总是可以的。惠子于是跟他互加微信，决定先从聊天开始。

　　男人做营销方面的工作，平时很忙，但的确能言善辩。起初他还跟惠子说些有的没的，活跃一下气氛。时间久了，他渐渐把大部分的话语都用来赞叹惠子的美貌。他说惠子的腿又细又长，穿着黑色的一步裙别提有多迷人了，让他一见倾心。他又说惠子的细腰，动作起来摇曳生姿，让他心生爱慕。这些赞美之词尽管有些露骨，但也是好话。惠子并不至于生气，只是感觉有些不舒服，怪他太注重一个人的表象，却不论内在。她把这层意思含蓄地表达了出来，男人敏锐地察觉到了。他言简意赅地对惠子说，别想太多了，所有男人都是视觉动物，所有男人爱上的都是外貌。

　　惠子听他这么说，不由得心凉了半截，对他也就冷淡下来。男人有点着急，干脆搞起了礼物攻势，隔三岔五就送些东西到惠子的公司里去。有时也会亲自来个"突然袭击"，瞄准了惠子下班的时机等在楼下，而后顺理成章地请她吃一顿晚饭。时间久了，大家都以为惠子已经交往上了一个贴心男友，为她的幸福而高兴。惠子忙着澄清，他们只是朋友，就算有意思，那也是对方对她有意思，他们还在朋友阶段。起码，现在还在朋友阶段呢！

依照我对惠子的认识，她不是个缺少决断力的人。一般情况下，如果她对一个人没有好感，那么她一定会很快划清界限，避免双方的暧昧纠缠。可眼下她的表现如此反常，自然就引起我的注意。我问她到底感觉怎么样，她就顾左右而言他，一会儿说："还可以吧，人挺不错的。"一会儿又说，"哎，那有什么用，我最不相信一见钟情了，太不靠谱！"

我故意做出一副天真烂漫的样子，说："谁说的？谁说一见钟情不靠谱了？我第一个不同意。"

惠子发出一声怀疑的感叹，继而把犀利的眼神投向我，说："你真的这样想吗？那你告诉我，一见钟情和日久生情，哪个更靠谱？"

这对我来说实在有点难。按照我的家族史来说，从爷爷奶奶到爸爸妈妈，他们的爱情故事都可以用"男方对女方一见钟情，男方死乞白赖追求女方"这个套路来进行概括。所以我不能说我认为一见钟情是胡来。但就我的个人体验而言，我以为一见钟情中所产生的只能是一种天然的好感，跟深沉严肃的"爱"千差万别。显然，人们可以基于"一见钟情"而开始相互了解，在了解的过程中才会

"爱"或"不爱"。至于日久生情的情况，那就复杂得多了。有可能是经过一段时间的相处，两人觉得十分相投，产生默契，走到一起。也有可能是相处久了，纵然不怎么相投，但是莫名地成为一种习惯，然后将这种惯性心理误认为是"爱"，还要冠以"细水长流"的浪漫名声，说起来也是让人唏嘘不已。

我问惠子，是不是除了这个对她一见钟情的男人，还有另外一个爱慕她的角色，是属于"日久生情"一派，她要做二选一的选择题？惠子连着摇头，说："不是不是，没有别人追求我，我说的'日久生情'，是我对他的感情啊。"

原来这两个多月以来，惠子对那个男人的情感发生了微妙的变化。起初，她觉得这个人竟然说什么男人都是视觉动物，听起来就俗不可耐，绝对不能作为恋人。可是也不知怎么的，感受到他想讨好自己，她心里还挺受用的。男人来见她，她也很高兴，觉得相处下来，对方阳光健谈，很能吸引人。就连身边的女同事也半开玩笑半认真地说，这么好的一个人，要是惠子不喜欢，赶快退位让贤算了！她们可都觉得不错。这话有些刺激到了惠子。她明白这个男人的确很有魅力，他对自己好，自己很愉快。如果他对自己不好了，把视线转向别人了，那惠子就不愉快了。即便这种情况还没有真实发生，光是这么想一想，惠子就气得要上天了。

她想要留住这个男人的目光。怎么办？当然是投其所好。男人一直说喜欢惠子的外形，惠子就在打扮上下足了功夫。她去新做了发型，买了几件显身材的新衣服，在网上连看了不少网红录制的化妆教程，整个人都开始向着"女神"的方向稳步迈进。我们隔几天见惠子，感觉她身上发生了一些变化。再隔几天再见，发现这种变化更加明显。有朋友问惠子是不是要进军娱乐圈了，打扮这么漂亮，惠子两眼放光："真的很漂亮吗？"她反复问，"我真的很漂亮吗？"

纵然不这么用力打扮，原本的惠子已经足够漂亮。这是我们所有人的共识，而且那时候的惠子显得更加轻松而自信，不像现在，仿佛一根弦时刻紧绷着。男人随口说惠子的腰好像粗了点啊，这就吓坏了惠子。她坚持每天只吃一顿饭，其他时候饿了就喝水，时常眼冒金星。男人再说，啊，还是细腰，身材真好，惠子就笑逐颜开，只是从此，一日三餐再没有敢吃全了的时候。两个人就这么相处下来，也算是要确定关系了。男人对惠子的了解还是不深入，尽管他们约会了很多次，也聊了不少东西，但他明显并不关注惠子的内心。他从不问她喜欢什么，不问她讨厌什么。对于一些事情，他可以大谈自己的看法，却不问惠子的。惠子有点急，急迫地想要在他面前表现自己，告诉他除了这张皮囊，还有其他东西值得注意，怎么能就这样忽略了呢？

我们说惠子应该跟那个男人开诚布公地谈一谈。恋爱是要"谈"的，而且谈的是"心"。外表上再怎么契合，内心却无法靠近，那不就成了"貌合神离"，怎么可能是长久之计呢？惠子说她自己也早有这个想法了，每次一提起来，男人就会不耐烦地说："喜欢你的外表怎么了？难道这个外表不是你的吗？所以究其根本我喜欢的还是你啊！"惠子反驳，说："那要是再看见一个比我更漂亮的女人，你就会立刻变心了。"男人笑着说："这样的女人可多了，眼下我这不是还没变心吗？"

惠子把这话告诉我，认为这可能是男人专一的一个保证。我却有点不敢确定，我以为男人还没变心，很可能是惠子始终没有松口，对他维持着若即若离的态度。虽然内心早已缴械投降，但表面上还是嘴硬，以一个傲娇鬼的形式赢取了男人的好奇心。如果惠子答应了做他的女朋友，这种好奇心不知道还能不能继续维持下去，那时候也就难保他会不会变心了。

这真是一段奇异的恋情。男人不断地自我表达，让女人通过这种表达，增多了解，从而渐渐产生了好感。而女人的表达却被忽略了，男人始终基于对女人表象的好感而维持着热情。对男人来说，惠子一刻不答应他，那么他对惠子的梦想就永远存在。可对惠子来说，她不能够确定在对方完全不了解她这个人的情况下，爱情是否真的能够生根发芽。这段时间里他们两个都很煎熬，不过煎熬的类型有些不同，也难以分辨哪个更痛苦一些。

又过了一个多月，男人有些沉不住气了。他约惠子出来，开诚布公地说，自己从来没有坚持追求过一个人这么久，现在不是学生时代了，谁还有工夫没完没了地表演"山楂树之恋"？说白了就是要惠子给他一个明确的答复，到底要不要在一起。

惠子还是不甘心就这么答应或是就这么拒绝了。她说："认识这么久了，你好像都没有认真听过我在说什么。我的兴趣爱好，我的生活喜好，你一个都不愿意了解。送我的礼物也好，带我去吃饭的餐厅也好，你从来不听从我的意见，这样我们怎么谈下去？"

男人想了想，说："还是这个问题是吗？那也很简单，你去找一个愿意了解你这些的人就好了。"

他说得很轻快，脸上的笑容也很热情诚恳，就跟最初告白时一样，倒让惠子有点措手不及。看着惠子错愕的神情，男人挠了挠头，略显懊丧地说："你要是一直纠结这个，我还不如早点放手，耽误了这么多的时间。"

现在他觉得这是浪费时间了。去深入了解一个人，还是一个让自己心动的人，他都认为是浪费时间。他究竟是太过工具主义，还是太过忙碌？是他的感情观念太过奇怪，还是我们的感情观念太过落伍？惠子为男人的那一句话很伤神。她告诉我的时候，我禁不住问她："这样的人你还不赶紧跟他划清界限？难不成要留着过年？"

他们没有留到过年，从那以后就不再联络了。本来惠子以为双方要显得体面一点，纵然没能成为一对令人羡慕的情侣，但总归不要闹僵，就提议两人做朋友，不料却遭到了男人的直白拒绝。男人表示，他对跟惠子做朋友没有什么兴趣，他的朋友已经够多了，更何况惠子身上也没有什么他需要的人脉关系。这就触怒了惠子。惠子想，原来这家伙交朋友只看人脉的，交女朋友就只看外形，他会碰到什么真心人呢？他又有多少真心可以拿出去对待别人呢？想想就让人心冷。

　　惠子转身走了，走之前对男人说了一句再见。这很显然是"再也不见"的意味。对方什么表情，她没再看了。她说既然决意不再来往，那么就要强迫自己不再去在意那些细节。可我想她是真的有些伤心的。毕竟在三个多月里，她对那个男人产生了一些感情。究竟是"日久生情"，还是"习惯成自然"，我也说不好。可是鉴于那个男人根本不愿意了解惠子这一点来说，我就不祝福他们的这段爱情。

　　爱情的起点可能是千差万别的，无论第一眼就产生的好感，还是在相处过程中产生的好感，但爱情的过程是殊途同归的。不能够尊重对方，不去了解对方，这样的关系是不平等的，跟这样的人恋爱只会痛苦。

　　后来惠子对我说，她进行了深刻的思考，感到一见钟情虽然很浪漫，但实际上存在着一些隐患——看了一眼就觉得喜欢，这必然是基于对外貌的粗浅偏好，而且也不去管人家怎么想，自己就贸然地介入别人的生活，这可能也是一种不尊重吧。我想她说的这些有一些道理，不过也不能一竿子打翻一船人。毕竟有些时候，第一眼就产生似曾相识的好感，犹如故人归的默契，这都是可能会出现的情况。毕竟，love is a miracle（爱如此神奇）。

我曾对我喜欢的男孩子解释过我心里的"一见钟情"，用"基因"的观点。我说："你相不相信，也许咱们做出的所有决定，都不是基于自己的情感喜好，而是基因进行了选择。当我看到你的时候，我们的基因链条编织在一起，能够培育出更加优秀的下一代，所以基因让我喜欢你。"

他被逗笑了。不过我的这个说法，大概也有点浪漫吧。

最近惠子有了个潜在的交往对象。对方是她闺蜜的哥哥，两个人认识很久了，只是最近交集才多了起来。双方都很在意，于是在相处之中既慎重又坚定。她问我："这算不算是日久生情？算吗？"我没回答。我总想着，有时候也不知道是什么时候，反正爱情就是那样，噗一下地开始了呀。

可能没有一见钟情的那种意外和浪漫，可是真实的才是最好的，不是吗？

05 那年的情书不如今日的早餐

我没有收到过情书，没有阅读情书的心路历程。但我倒是帮别人写过情书。现在想来这种行为实在不当。一份用来表白心迹的文字，无论表达能力如何，无论句子漂不漂亮，只要发自内心，那么它就一定是感人的。找人帮忙写则完全歪曲了这层意思。不知道那些送出去的情书最后都是怎样的命运，是被随手扔掉了，还是被好好地珍藏了起来？我心里总是很好奇，直到那天我发现了表姐的一封情书。

表姐大我两岁，目前有个稳定的男朋友，已经谈婚论嫁。他们二人的感情虽然不见多么轰轰烈烈，但是却细水长流，一直没闹过什么矛盾，是我心中的一对典范。前段时间舅舅舅妈一家要搬家，表姐就喊我去帮忙整理东西。她的房间里，翻出来大大小小的箱子，里面有不少学生时代的回忆。我看着那些日记本和生日卡片，笑表姐还真是个怀旧的人。表姐一努嘴："干吗不留着？这都是回忆啊！"

在这些回忆里，我翻拣出一个信封，原本是白色的，现在已经发黄，可还是保存完好，没有任何褶皱。在信封的封口处，贴了一个心形的贴纸。我问："这是什么，难道是一封情书？"表姐哈哈笑了起来，说："被你发现了，这的确是我收到的唯一一封情书。"

情书来自表姐的高中同学小马。他在高考最后一门考试结束后，将信封郑重地送到了表姐手上。他们两个在班上关系很好，时常一起聊天，交换笔记。表姐说他是个很体贴的男孩子，知道表姐数学成绩不好，就会特意把笔记上每一道题目的步骤都写得分外详细，拿来让表姐参考。有其他男生跟表姐开玩笑，如果过了头，他也总是及时出现替表姐解围。表姐以为他只是一个处处周到、对人和气的人，没想到他对自己有着别样的情愫。拿到情书后，表姐心情激荡了很多天。

这封情书写得很动人，刚一开头，就摘抄了博尔赫斯的情诗：我用什么留住你？我给你贫穷的街道，绝望的日落，破败荒郊的月亮，我给你一个久久地凝望着孤月的人的悲哀。

我大为惊叹，说："意境绝美暂且不论，此人读博尔赫斯，可见骨骼清奇，不可小觑。"表姐尴尬地表示，她根本没想这么多，因为她的名字里有个"月"字，所以她认为小马摘抄的诗句里特意含有"月亮"的意象，这还是很周到的。

接下来的部分，也用了许多唯美的句子，大意就是表明了对表姐的爱慕之意，认为两个人在脾气秉性、兴趣爱好方面都很适合，希望能够进一步交往。

尽管我帮不少人写过情书，但还是不得不承认，我写过的情书里没有一封比得上小马的这封。表姐看后也十分感动，决定答应小马，跟他进一步交往看看。然而如何答应小马呢？表姐给小马发了条短信，说她看过了那封信，也懂得了其中的含义，希望两个人能够见面聊聊。小马很激动，表示自己这几天在亲戚家，不方便出门，等过几天一定见面详谈。就这样，似乎一场唯美的恋情就要拉开帷幕。

没有想到的是，自从这通电话之后，小马就再也没有联系过表姐了。表姐发了很多短信都石沉大海，拨过去的电话也一概都是"已关机"。表姐伤心极了，她觉得一定是小马后悔给自己写了这封信，后悔了对自己的感情，所以打算就此了断。她思前想后，内心千回百转，还是不能放下，只好通过其他同学打听小马的消息。后来，小马的一个好朋友告诉表姐，说小马最近意志消沉，不跟任何人来往，成天闷在家里发呆。原因只有一个：小马核对了高考卷的答案。

意识到自己在考场上发挥得不算好，小马一蹶不振。表姐坚持每天发短信鼓励他，一个星期过去了，仍旧没有回音，表姐就停止了自己的人文关怀。我有些感慨，问她怎么就不多坚持几天。表姐白了我一眼，说："我倒是想再坚持，关键是后来我也没心情了，因为我也忍不住核对了高考卷的答案啊！"

这封情书的起源充满浪漫色彩，没想到收尾却如此潦草惨淡。小马没有再联系表姐，表姐也没有再联系小马。两个人去了不同的大学，身在不同的城市，从此再无交集。今年年初有人建了个老同学的微信群，表姐加进去，发现了小马。他自己开了个公司，目前运营状况很好，颇有些春风得意的意思，总是在群里发红包。他主动加了表姐，但是两个人并没有进行交谈。表姐说，过去的事情她早就不放在心上了，但还是觉得有点尴尬。

我问："既然过去已经没意义了，这情书干吗还留着？"表姐说："这是多么美好的回忆啊，有时候想念的不一定是那个时候写情书的人，而是那个时候青春年少的自己。"我听了这话心里很感动，赶快帮表姐把这封情书收好了，还开玩笑地对她说："千万别让表姐夫看见，不然他准吃醋。"

本以为这个情书的故事早已尘封，不料竟又生出长长的续篇。一个中学同学的婚礼上，小马跟表姐重逢了。这次重逢是表姐没有想到的，因为小马原本在微信群里说自己没有时间参加，连红包都发过了，没想到人还是到场了。他向着表姐走来，姿态潇洒，步履从容，声音洪亮地向表姐问好。表姐也跟他聊了几句，内心颇有些感慨。

从那以后，小马跟表姐的联系就频繁了起来。他时不时就发来消息，跟表姐闲聊一阵，也借着同学小聚的名义，约表姐跟几个朋友一起出去玩过几次。明眼人都知道，小马对表姐还有意思，想要重新追求表姐。表姐自己感觉出来之后，简直坐立不安。她明确地告诉小马，自己已经有了谈婚论嫁的男朋友，希望他了解这一点，不要做无用功。小马却笑着说："这怎么是无用功呢？你还没有结婚，我跟你男朋友公平竞争而已嘛。如果按照时间来算，我还是他的前辈呢！"

这话怎么听怎么不对劲儿。表姐心里犯嘀咕，感觉小马有些变了，学生时代的那些优点统统不见了踪影，所以也没什么可留恋的。表姐就开始拒绝小马的邀约。小马有些着急，干脆找到了表姐的公司。随他一起到的，还有他为表姐订制的玫瑰花。表姐很尴尬，请他把花拿走。他说："我可以把花拿走，但是我的心意你一定要收下。"表姐说："你怎么变得这么油嘴滑舌了？"说完生气地转身就走。然而就在她转身的一刹那，小马忽然大声地开始朗诵诗句。朗诵的是什么呢？正是他写在当年那封情书的开头，来自博尔赫斯的情诗。

"我用什么留住你？"小马声情并茂，"我给你贫穷

的街道，绝望的日落，破败荒郊的月亮，我给你一个久久
地凝望着孤月的人的悲哀！"

听到这些，表姐的脚步停住了，刹那间她几乎有流泪
的冲动。可是理智制止了她，她只是回过身，对小马说：
"谢谢你，你走吧。"

小马不会轻易走的，他说自己当年轻易地放手，一直
为此耿耿于怀。现在他一定会坚持到底，让表姐感受到他
的真心。他告诉表姐，他可以等待表姐很多年，他愿意为
表姐付出一切，希望表姐考虑。

表姐把这番话讲给我，我不由得心生感动，说："天
啊，这么多年了，他居然还没放下你！"

表姐白了我一眼，说："谁说他没放下了？这些年里
他指不定交过多少女朋友，才练就了油腔滑调的嘴上功
夫！鬼才会相信他说的话。"

没想到真的有人愿意当"鬼"，这个人就是老实的表
姐夫。表姐毫不避讳地跟他说了小马的情况，这让表姐夫
有些担忧。表姐夫私下里对我说，他觉得小马的条件比自
己优越很多，而且这么猛烈的爱情攻势，充满浪漫激情，
他绝对难以与之比肩。我安慰他说，表姐绝不会动摇的。
表姐夫幽幽地叹了口气。

为了让表姐夫打消疑虑，表姐主动把小马约了出来，
她跟表姐夫两人一起赴约。席间，表姐对表姐夫的百般照
顾自然都被小马看在眼里，他十分无奈，最后干脆对表姐

说："在我面前秀恩爱真的好吗？你们两个真是够了！"

表姐说："这不是故意要表示一些什么，我只是让你看到我真实的生活状态。这个状态就是我已经决定跟这个男人一起生活下去，我们在一起很幸福。你为我做的一切我很感谢，但那是不合时宜的，请你赶快去追求适合自己的幸福吧！"

小马不甘心，说："我写给你的情书你都忘了吗？我在情书里说过那么多浪漫的话，我说……"

表姐打断了他。表姐说："那年的情书已经是过去时了，作为回忆珍藏起来就好，现在提起来没有什么意义。我根本不在意情书有多浪漫，我在意的是写完情书之后你做了些什么。你拒绝跟我沟通，不理睬我。在你有困难的时候，你不向我求助，这说明你根本没有真正把我看作重要的人，不然，你一定会需要我的支持。"

小马愣愣地说："我还想问最后一个问题。"

表姐说："没爱过。"

然后表姐就拉着表姐夫走了。走出餐厅的时候，表姐夫小心翼翼地说："也许刚刚小马想问的最后一个问题，是这顿饭的账单谁来结。"表姐扑哧一笑，说："算了，让他结吧，他每次在微信群里发的红包金额，都够请上好几顿饭了。"

我还是有些替小马难过的。我对他这个人不了解，也不知道他做的一切是出于一颗真心，还是像表姐形容的那样心血来潮。但无论如何，他做这些的时机都是错误的。表姐的感情生活已尘埃落定，这时候再浪漫的攻势也是无力回天。我见过许多下定决心的姑娘，她们一旦认真起来，真是连她们自己都害怕。

这件事情彻底过去之后，我问表姐："真的没有一刻动摇吗？坦白说，小马的各方面条件的确不错，经济方面暂且不论，人也高大帅气，恐怕在追求女孩子上很少失败。"表姐笑着说："真的没有动摇过，虽然有些感动，但更多的是感慨，感慨一段缘分的逝去罢了。"她又说，小马总提过去那封情书，让她有些烦了。在她看来，频繁地提及过去，是因为现在的索然无味。相比那封过了时的情书，表姐更多地会想起她跟表姐夫的平淡生活。表姐夫虽然嘴笨，不会说什么情话，可是却很细心。每天早上，他都会把早饭买好，并送表姐上班。因此，表姐在上班路上总能吃到各种花样的早餐，温度永远适宜，从来没有冷掉过。表姐说每次吃到早餐的时候，她就感觉到一种微小的幸福。这种幸福是非常笃定的，不需要用什么诗歌去渲染，让她充满了安全感和对未来的期待。

是啊。我拿什么来留住你？什么情书、什么街道、什么日落、什么孤月，那都是不切实际的，也许真正美好的，就是从温热的早餐开始吧。原来那年的情书不如今日的早餐，接受身边最近最真的温暖，或许是最现实的选择啊。

06 "剩男""剩女"站起来

在"知乎"上看到过一个让人感慨万千的问题：如何评价"男生越老越吃香，女生越老越嫁不出去"的说法？

继而看到一个绝妙的回答，来自"张天然"：有一些女性非常喜欢"女人过了三四十岁就不值钱了"这样的论调，那是因为她们二十岁的时候也一样不值钱，并且试图拉其他女人下水。事实证明，同样是三四十岁甚至五十岁，美丽的女性依然美丽，优雅的女性依然优雅。

我看到之后拍案叫绝，感觉出了心中一口恶气，赶忙朋友圈和微博同步转发，恨不得让更多人看到这一观点。男性朋友老陈回复我："哟，这是跟谁来劲了？谁说你嫁不出去了，我揍他去。"我说："别别别，倒不是跟谁来劲，就是说这个事。"

我曾经亲耳听到类似以上这个问题中所提到的言论，

不止一次，且均是来自女性。现在我很乐意把这两次的经历分享出来。尽管言语所指向的人物都不是我本人，但仅仅作为一个旁观者，只因为自己是女性的一员，就已经感觉受到了侮辱。

第一次听到这个说法是大学本科毕业，闺蜜的妈妈请了跟闺蜜交好的一群女孩子一起吃饭，说是庆祝我们掀开了人生的新篇章。入席之后我隐隐感觉不对，除我以外，其余前来赴宴的姑娘们，几乎都已开始谈婚论嫁。而闺蜜妈妈跟她们聊的话题，也都紧贴婚姻生活，令我颇感陌生，不得不一直低头猛吃。

在这间歇，闺蜜狠拉了我一把，示意我不要被眼前的食物轻易诱惑，务必透过现象看本质。这个饭局的本质绝没有那么简单！我仔细想了想，心中很快有了答案。当时闺蜜的妈妈早早就为闺蜜安排了几次相亲，闺蜜不好拒绝，只好一一见面，疲于奔命，情感疲惫。于是当再有相亲对象的消息传来，闺蜜干脆表示再也不见，说自己目前没有这个打算，让母亲给她一点时间和空间。闺蜜妈妈很急，只好设下这个局来，目的是想采取小火慢炖的方式，凭借周围气氛的温馨浪漫，刺激闺蜜的内心，从而达到内部感化的效果。至于我为何被突兀地叫了过来，在此如此格格不入，也就成了一个谜。

果不其然，在聊过了一圈，兼又点了两轮菜后，闺蜜妈妈终于发话了。她装作不经意地感叹了一声，说："看见这么多姑娘都要组成自己的小家庭了，真是由衷地感到高兴啊！不知道我女儿什么时候也能给我这么大的惊喜？"

闺蜜为人很干脆，她立刻说："妈，您别催我，您一催，指不定就光剩'惊'没有'喜'了！"

闺蜜妈妈连忙说："这孩子真不会说话，你看看你这些朋友，一个个不仅学业有成，现在感情方面也快稳定下来了，多好！你知道女人这辈子最重要的事情是什么？是拥有一个美满的家！什么时候你稳稳妥妥地嫁出去了，我就放心了！"

闺蜜无语地摇头，说："妈，谁说女人一辈子最重要的就是家庭了？您这个想法有点太传统了吧。"

闺蜜妈妈连忙拉外援，把手一指："你问问在座的这些，都是你的朋友，你们是同龄人，你看她们都怎么说的。"

一时间，气氛有些冷场。我相信在座那些个沉浸在新婚喜悦中的姑娘，其中不乏事业型女强人，很可能对以上言论极不赞同，但碍于长辈的面子，恐怕都不会开口，也的确不适合开口。这时候闺蜜必然要让我上战场进行正面回应。我这么想着，果然听见她说："妈，你也得听听不同意见，是不是啊？"随即对我投来一个眼色。

我深知，闺蜜对我的态度一向是"养兵千日用兵一时"。平日里她对我简直可以概括为"无与伦比的美丽"，但关键时刻她也需要我冲锋陷阵，绝不含糊。在这件大事上，我想我必须表明一下自己的立场，就战战兢兢地开口，说："阿姨，每个人一生中最重要的事情可能都是不一样的，也许不能一概而论。家庭的确很重要，但大概不是所有人的绝对目标啊。"

闺蜜狠狠瞪了我一眼，显然是对我这段话中使用的"可能""也许""大概"这种模糊的词语十分鄙视。闺蜜妈妈倒是没怎么反对，点了点头，说："对嘛，大家的想法都不同了，但家庭的重要性还是人人都承认的。"我意识到她很聪明地在我的话中找错了重点，令我一时间无言以对。

这时候，席上的一个姑娘开了口，她毕业后没有实习，也没有工作，待在家里"待嫁"。她说，她觉得现在很幸福，情感方面有了归宿，今后人生的奋斗也显得更有意义了。这一句话赢得了满堂彩。也许是大家都觉得这句话表示，她们已经在婚姻与事业之间得到了完满的平衡，既表现出在爱情上的成功，又表现出了新时代女性的奋斗特质，简直两全其美。闺蜜妈妈更是赞叹不已，拉着闺蜜的手说："你听听，人家跟你同岁，但是比你成熟多了！你还不赶快抓紧时间，让自己也能爱情事业双丰收？等再过两年，人老珠黄了，变成剩女，我看你要哭都没地方哭！"

这句话彻底激怒了闺蜜，她说："妈，我才二十二，怎么过两年就人老珠黄了？你得把话给我说清楚！"

我很想拉住闺蜜，跟她说，年龄可能不是这番话中的重点。然而现场的情形已经开始往不可控的情势发展。闺蜜妈妈也有些生气了，她说："你现在仗着自己年轻，挑三拣四，总是看不上其他男孩子，你以为你还有多长时间？"

这话一出来，倒是把我吓得一愣。我跟闺蜜同年生，她只比我大一个月，如果她要人老珠黄，那我再好也不过是半老徐娘了。于是我开口，言简意赅地啊了一声。

闺蜜妈妈瞪着闺蜜，毫不客气地说："你们还是年轻，根本不明白，女孩子跟男孩子不一样，过了二十五岁就开始走下坡路了，到时候相亲对象都找不到合适的！要找只能从二婚男人里头找，给别人当后妈去了！再不济，连当后妈的机会都没有，一辈子老姑娘，被人家笑话！"

天知道这段话有多么"沁人心脾"，直达五脏六腑。虽然大家都知道这是闺蜜妈妈对自己女儿的一番"教导"，可是每一句似乎放在我身上也一样适用，不得不令我的内心也倏然沉重了起来。然而沉重不过三秒钟，我就回过了神，第一反应就是，这是什么鬼理论？第二个反应就是，现在究竟还有多少人是这样想的？

什么叫"过了二十五就开始走下坡路"？我硕士毕业那年差不多二十五，人生才刚刚开始，我就走下坡路了？我明明是正要开始上一个更大的坡，我怎么能允许自己往下走啊？

　　还有，为什么会忽然扯到"二婚"男人上去？"二婚"男人也是一个无辜的群体啊！不能因为婚姻的失败就给一个人扣上污名，且不说我们会不会跟有过婚姻经历的人恋爱，就说这种把"二婚"直接降低一个档次的分类也未免显得太过简单粗暴了，而且没有丝毫的人文主义关怀。

　　最后，当一辈子"老姑娘"，被人家笑话，这是最惨的结局吗？这在我眼中显然不是最惨的结局啊！比起那些每天生活在饥寒交迫中，经历大灾大难的人来说，平静的生活就足够了，纵然没有结婚，依然可以过得很精彩很快乐吧。

　　当我在心中把这三点思路整理了出来，不由得长出一口气。显然我现在已经填弹完毕，随时准备跟闺蜜妈妈论战了。然而闺蜜已经听不下去，亲自上场，开始跟她妈妈争吵了起来。当时场面有些混乱，各方都加入了这场辩题不明确的争论之中，但我听懂了闺蜜大体的意思，那就是她眼下没有结婚的意思，也没有想要结婚的对象，没有爱情的婚姻就是耍流氓，抵制无意义的相亲，否则她就离家出走。

　　话既然已经说到了"离家出走"这种威胁的层面上，这餐饭必然要不欢而散。我们一干人等尴尬地离席，不住对着闺蜜妈妈道谢，感谢她的款待，然后对她们母女两人之间的横眉立目做出一副假装看不懂的样子。我往前走了两步，一回头，发现闺蜜也跟在我身后。

"你跟我走？"我有点惊讶。

闺蜜气呼呼地说："跟你走！谁理解我，我就跟谁走！"

后来闺蜜果然跟我回了家，在我家对着我妈大吐了一番苦水，我妈全程慈爱地微笑，不住劝说闺蜜要理解母亲的一片苦心。闺蜜说："阿姨，您的一片苦心呢？您急着让您女儿嫁出去吗？"我妈看了我一眼，笑而不语。我赶快说："去去去，少在这儿挑事，我跟我妈早说好了，什么都行，唯独婚姻这事，不能催我。"听了这话，闺蜜就幽怨地叹起气来，说自己要是也能跟妈妈约法三章就好了。

当然，这次的离家出走并不成功。吃过晚饭后，闺蜜就回家去了。不知道她跟她妈妈是不是又争吵了一番，不过争吵也是沟通的一种，能够如实地表达情感诉求，实际上正是如今家庭生活里所缺失的重要一环。闺蜜这一吵，虽然方法上激烈了一些，但毕竟也让妈妈知道了自己的态度。有很长一段时间里，相亲的事情没有再被提起，闺蜜整个人都松了一口气。尽管闺蜜妈妈还是热衷于时不时通过描述"别人家的孩子"嫁了个好男人，现在生活别提多让人省心了诸如此类的事例来刺激闺蜜，不过闺蜜已经左耳进右耳出，全然不放在心上了。

我看闺蜜心情愉悦，也很为她阶段性的胜利感到高兴，可还是忍不住提醒她，她妈妈内心的观念不知道是不是代表了大部分家长的观念，但的确是有点可怕的。如果她真心认为过了二十五岁的女孩子就"不值钱"云云，那这种愚昧的偏见带来的后续问题将永远不会停止。

因为闺蜜妈妈的催婚事件，我有点畏惧我妈妈身边的同龄朋友们了。每当阿姨们在一起聊天，问及我有没有要结婚的对象时，我总是吓得赶快转移话题，问她们的女儿现在月薪多少。有一位阿姨的女儿经历跟我类似，也是一边读研一边写文章赚点生活费。她把她女儿介绍给我认识，说要我们相互学习，协同进步。这位姑娘叫蔚蓝，写文章的笔名跟这个差别极大，完全两种风格。我跟蔚蓝姑娘相约逛街，相谈甚欢，一度成了很要好的朋友。然而，人算不如天算，那件事终究还是来了。

所谓那件事，指的是用来检验友情的突发事件。这种事件可大可小，最重要的是，它要求作为朋友的双方在这件事面前都必须如实地表达出自己的意愿，不能够以"随便啦""我跟你想得差不多啦"这些模糊不清的语句搪塞过去。简而言之，原则问题。而这种问题，往往包含着对双方世界观是否一致的检验。能够通过检验的，友情从此更加牢固。不能的，自然就会渐渐疏远。

蔚蓝姑娘有位在读博士的同门师姐，当时带着她帮助导师收集整理资料。这位师姐对待学术问题非常严谨，难免有些不苟言笑。蔚蓝觉得师姐过于严肃了，在社交网络上吐槽过几次。我开玩笑，问她："就不担心师姐看见吗？"她一撇嘴，说："那位可是女博士，哪有时间刷微博？人生的所有时间都投入到学术研究去了，不然也不至于那么大岁数了，连个男朋友都没有！可笑！"

听了这话我心里有点不舒服，尴尬地问："没、没男朋友就可笑吗？"

蔚蓝看着我，叹了口气说："不仅没男朋友，连个追她的人都没有！你想想，这难道不能证明这个女人的情商有很大问题吗？"

我没吭声。毕竟我跟博士师姐不认识，没资格去评论她的情商。不过我内心的基准一项是smart is a new sexy，所以总习惯性地把一个人的智商看得很重。这话我没说出口，我有点担心我跟蔚蓝之间的"那件事"就快来了。

果不其然，一天下午，蔚蓝给我打来了电话。

一接通，我就听见听筒那边蔚蓝的怒火简直要冲破天际："我真受不了跟剩女一起工作了！三十好几了还没男人，脑子绝对有问题！天天对我指手画脚！我受够了！"

我尴尬地问："哪位'剩女'，'如何'惹了你？"

她回答："还能有谁，就是那个女博士！说我整理的资料不合格，要我重做！"

我赶快安抚她："如果不合格，那么重做是唯一的解决方法。"

蔚蓝说我讲的这些大道理她心里都明白，她就是气不过被女博士呼来喝去，想对我吐槽一番。接下来就进行了针对博士师姐的"批斗大会"。根据蔚蓝十分不客观的描述，还是可以看出这位师姐聪慧过人，硕士毕业后进入著名企业工作，五年后又回归校园读博士深造。无论工作还是学术，都做出了些卓越的成果。但是她对人的要求很严格，导致能够跟她亲近的人不多，大家背后对她都不免有些微词。

从师姐的日常生活来看，她实在太忙碌了。不是在实验室，就是在图书馆，时不时还要回公司做做顾问，连家都没空回。确实不见有男性盘桓在师姐身旁，七夕节这一类的节日里，也不见师姐收到礼物或邀约。久而久之，大家就将单身当成了师姐身上的一个槽点，特别是蔚蓝。尽管蔚蓝目前同样是单身，但听她言谈间的意思，似乎是身边不乏追求者。大概是有了这个心理优势，蔚蓝对着师姐大批特批，都是围绕着"没有男人追"这一个基本点。她一直强调，这说明师姐情商低，说明师姐颜值低，说明师姐未来生活的幸福指数低。这样的"三低"人员，在蔚蓝看来，是非常可笑的。所以，被她批评，让蔚蓝十分气愤。

听蔚蓝说了这些，我内心已有许多不同观点，可尚在"哽在喉咙发不出声音"阶段。直到蔚蓝再度抛出一个请求，她希望我写一篇文章，来吐槽广大的"变态"剩女，就用博士师姐这个事例，一定会火爆网络，从而一解她心头之恨。

我很庆幸我们使用的通信方式是电话，这样她就不会看到此刻我脸上的表情。我努力用温和的语气说："这样的文章我不会写的，首先，我不认为'剩女'跟'变态'之间有什么关联；其次，我也没觉得这位博士师姐有什么太过分的地方。可能她是严厉了一些，可在学术领域，这是无可厚非的呀！"

蔚蓝沉默了一会儿，恐怕也是意识到了，我们两个从观念上就存在着本质上的不同。她也不想遮掩或是打哈哈，那不是她的性格。她就很干脆地说："所以你觉得剩女们不可怜吗？"

我满肚子的话，终于在这一刻爆发了。我以为这世界上本来不存在什么"剩男剩女"，一个人什么时候恋爱，什么时候结婚，是看自由意愿的。特别是成年以后，人们有了自主的判断力与决断力。所谓的合适年龄，指的也是生物层面的生育年龄。但在当下，繁衍后代已经不是组建家庭的唯一目的了。因此，按照年龄与婚否来划分"剩男剩女"就是一种可怕而愚蠢的偏见。而更愚蠢的，显然是站在某种制高点上轻视单身群体的那部分人。他们的态度，显然是用自己的幸福"标杆"去度量别人，却没有考虑过自己莫名其妙的优越感是来自何处。如果问我，"剩男剩女"是不是可怜？在我看来，这个问题本身就有问题。

蔚蓝听了我说的话之后又停顿了几秒钟，然后她的语气就变了，变得很轻快，但也变得很疏离。我们闲扯了些有的没的，无非是最近听说又有哪家餐厅出了新菜品，又有哪个商店正在促销打折之类。最后又说："什么时候有空一起逛街啊！""好啊好啊，一定要约起来！"双双一齐挂了电话。我们应该都意识到，以后不会特意约对方出门了。话不投机半句多，现在，这个不"投机"的问题在我们两个之间，已经变得非常明确了，再也绕不过去。如果年龄再小点，或许我们不会在意这些。可能也是人长大了，对于自己的朋友圈子越发精简，有时候难免有"既然观念不同，那还是少来往为妙"的想法。此刻我就是这样的想法，我没有再主动联系过蔚蓝。那篇她希望我写作的文章，我也根本就不会写。

上个月我看到蔚蓝在社交网络上公布了一条状态，大意是说，导师这个课题终于圆满结束了，感谢在这次工作过程当中让她认清了某些"极品"的嘴脸，最后她想说的就是，祝女博士早日把自己嫁出去，不然太可怜了。我看到这句话，就知道她的想法已经根深蒂固了。不知道她怎么会有这样的想法，我本以为同龄人之中不会有。看来是我猜错了。

我妈妈问我，是不是跟蔚蓝姑娘吵架了。我说并没有，只是有点合不来。我妈妈又说："看她在朋友圈里发的状态，说祝女博士早日把自己嫁出去，可见女博士结婚真的很难，你该不会还要往下继续读吧？"我忍不住对我妈妈说："如果一个单身的女博士，事业有成，物质富足，生活多彩，有挚友亲人相伴，有广泛的兴趣爱好，一天比一天活得更好，即便不结婚，又能如何呢？不同人有不同人的人生诉求，总结看来，也无非就是求仁得仁罢了。"

我妈妈敏锐地看着我，说："那么请问，你的人生诉求是什么呢？"

暂时我还不想告诉她。

07 幸福就是坐在自己的宝马里笑

　　我是在台球厅里认识碧云姐姐的。当时同学聚会，男生们嚷嚷着去打台球。为了不让我们这群不会打台球的姑娘耽误他们的游戏，男生们特意另外为我们开了一张台，委派猜拳输了的大伟来做我们的教官。当时我们怨声载道，觉得台球不好玩，台球厅里也不禁烟，空气差得很。大伟很无奈，跑去前台那里给我们买饮料，妄想以此堵住我们的嘴。这显然很难。然而当大伟捧着一堆饮料回来的时候，身后跟着一个高个子的年轻女人。

　　直觉来看，她年长于我们，但应该也不过三十岁。细腰，头发中分，扎马尾，笑起来大大咧咧的。她径直走到我们跟前，一面笑一面说："哟，姑娘们要造反啦？觉得这里不好玩儿？"

　　我们不知道她是谁，但也忍不住对着她七嘴八舌地抱怨起来。她一面应和着我们，一面手脚麻利地码好球，抬手执杆，一弯腰，手臂轻搭在台面上，随即一记干净利落的出杆，来了个漂亮的开球。我们都被她的身手惊吓住了，不由得都围了过来。她哈哈大笑，说："我来教你们打台球吧，你们就叫我碧云姐姐吧。"

碧云姐姐的弟弟是这家台球社的老板，她是投资方，自己有空的时候也过来玩玩。只是她有空的时候并不多。我们个个都猜不出碧云姐姐的工作，后来她发名片给我们，原来是一家外企公司里的高级翻译。那家公司很有声望，碧云姐姐自己也承认她的年薪不菲。看着我们都露出羡慕的眼光，她轻松地一笑："工作嘛，有意思又赚得多，这就是最好玩儿的。"

在教我们打台球无果后，碧云姐姐干脆往台球桌上一跳，坐了上去，一边喝着饮料一边跟我们聊起了八卦。跟其他长辈们不一样，碧云姐姐丝毫不避讳跟我们谈论钱和奢侈品。她说："不要回避这些问题，不要假装清高。钱能让人过上物质更加富足的生活，奢侈品能让人有更好的生活体验，为啥不追求？好比一个手袋，两千块一个的，六百块一个的，和五十块一个的，它们的质量、气质以及使用寿命显然存在很大的差别。一支口红，来自名品专柜，跟来自路边小店，成色必然有天壤之别。"

碧云姐姐看着我们，语重心长地说："你们啊你们，你们都是有头脑有内涵的好姑娘，就是千万别让自己活得拮据。要积极去创造财富，让自己光鲜亮丽起来，因为活着就是要美。"

这一番言辞让我们都有些意外。大概是听惯了"精神高于一切"的心灵鸡汤，这样直白的人生教导就显得非常新鲜。一个朋友立刻提问："碧云姐姐，你的意思是说，我们一定要成为有钱人吗？"碧云姐姐把眼睛一瞪："当然了，如果条件允许，为什么不做个有钱人？当你的经济获得自由之后，你就可以尽情去做自己想做的事情，享受生活，帮助别人，照顾家庭！自从文艺复兴开始，人类就开始追求幸福，谁还要像苦行僧一样活着，简直奇怪。"

这话博得了满堂彩。唯利是图在文化艺术方面当然不是什么好事，但是若放在个人生活的层面上来看，追求经济上的宽裕显然是每个人的内心所想。我们希望自己的生活更加富足，这无可厚非，只要不是拜金到了一切都只为了钱的地步就好。

这时又一个朋友问碧云姐姐："对生活质量的要求这么高，你会不会想要嫁入豪门呢？"碧云姐姐听了这话，明显有些不快。她说她并不是名演员某冰的"粉丝"，但是她必须承认某冰有句话说得很好，那就是"为什么要嫁入豪门？我自己就是豪门"。碧云姐姐说得很有气魄，再度把我们震慑住了。大家都用敬佩的目光注视着她。可惜这时候男生们跑过来，拉着我们出门去聚餐，不得已我们要跟碧云姐姐说再见了。那天晚上，女生们几乎都在兴致勃勃地讨论着碧云姐姐。有人说她简直就像是个女神，说的每句话都直击心灵，可以作为今后的人生信条。也有人说听了她的说教真是颠覆三观，如今人们拜金还能拜得如此理直气壮。我对碧云姐姐并没有什么不好的感觉。对我来说，她凭借自己的力量来保持一个高质量的生活水平，这是值得佩服的。我们每天努力奋斗，为的不也是同样的目的吗？

　　本以为我不会再有机会跟碧云姐姐见面，没想到机缘很快出现了。当时我们需要邀请一些上市公司里的成功人士来学院开展公益讲座，四处联系相关人员。这时候我就想起了碧云姐姐，于是翻出她给我的名片，怀着试试看的心理把短消息发了过去。不久就接到了碧云姐姐的回音，她特意打来电话，笑声朗朗，说自己愿意帮我联络，爽快地请我去公司里聊聊，建议我带上活动策划。

　　隔天中午我来到碧云姐姐的办公室，她一身干练的职业装，妆容精致，浑身上下无懈可击。我小声说她看起来就像是要去拍《都市丽人行》那一类的电视剧了，引得她哈哈大笑起来。接下来我们进行了愉快的交谈。在交谈过程当中，我观察了整间办公室的环境，发现这的确是个生活质量很高的地方。办公室里的装潢设施自不必说，桌上的每一样摆设都精致有趣，带有不同的风情。而且碧云姐姐为访客准备的茶点也都十分精致，恰到好处。在这里会让人油然而生一种认真生活的渴望，这感受实在神奇。我不由得对她感叹了几句，她说生活就是要这样，越过越舒服，越过越精致，不然多无趣！

我离开时，碧云姐姐说她刚好有事要出去，可以开车送我，于是我有幸坐进了她的新车里。当这辆看起来就十分昂贵的轿车停在学校门口，几个朋友碰巧看见我从车上下来，与碧云姐姐挥手道别。他们都感到很好奇，问我什么时候交上了这么一个多金的好朋友。我忍不住笑了。也许碧云姐姐就是我的"豪门朋友"吧。她为自己营造了一个"豪门"，大大方方享受自己的劳动成果，努力让自己活得更美、更精致、更舒适，她本人就是"悦己"两个字的最好体现。

多亏了这位豪门朋友的福，我们的活动有幸邀请到了她公司里的资深HR来进行讲座。那天碧云姐姐因为有工作，没能一起来参加。事后我给她打去电话，说为了表示感谢，希望能给我一个机会请她吃饭。显然我只是个学生，不能请她去高端酒店里消费，不过倒是可以带她到学校的特色餐厅尝尝鲜。她很高兴地答应了，说自己离开大学校园已经十几年了，可是对食堂的味道一直很想念。这时候我才知道原来碧云姐姐已经过了三十岁，是名副其实的前辈。可是她看起来那样年轻，充满朝气，看来这就是精致生活带给人的美好礼物之一。

我约了碧云姐姐来吃饭，上次就被她的气魄所震慑住的小伙伴们自然又是一窝蜂地涌来争相"作陪"。碧云姐姐也是来者不拒。聪慧如她，显然很清楚大家对她的好奇，于是干脆对我们讲得更多。她从化妆品的品牌聊到了怎么样挑选适合自己的衣服，又从头发护理讲到了如何布置一个温馨的家。后来更多的人凑过来旁听，碧云姐姐干脆又讲起了自己的求学与求职经历。她当时在外语学院是如何勤奋刻苦，在找工作的时候是如何力挫群雄。每个人都听得津津有味，居然还有人拿出了手机录音。我想真应该给碧云姐姐单独开设一个讲座，这才是真正的"干货分享"呢。

后来碧云姐姐滔滔不绝的演讲被一个不厚道的提问打断。有个人问："碧云姐姐，你各方面条件都这么优秀，追求你的男人一定不计其数吧？"话音落了许久，碧云姐姐都没说话。我有点担忧，不知道这个问题是否有些触及她的禁区。的确，她可以对着我们大谈特谈她的工作与生活，但从没有一句话提到过自己的感情问题。她的手上没有戴戒指，办公桌上也没有摆她与任何人的亲密合影，看来目前应该是单身。不过这似乎也不是什么稀奇的现象，都市女强人把重心放在事业上，个人情感上的发展就很难兼顾。当时我的脑海中一瞬间替碧云姐姐想出了好几个用来敷衍大家的回答："一切随缘"，"目前没有结婚的打算"，"谈感情多俗啊，咱们还是谈钱吧"，等等。然而碧云姐姐一个也没有采用。她问了一句："请问一个单身女性的魅力与价值，要靠男人缘来衡量吗？"

　　发问的同学立刻红了脸，对着碧云姐姐道歉，说实在对不起，她并没有想这么多。碧云姐姐说这不是一句诘问，只是一句疑问，她很好奇，好奇我们这群年轻姑娘是怎么想的，希望听到我们真实的想法。

　　大家纷纷表示，当然不能这么想了，女性的价值凭什么依靠男人来衡量？这都什么时代了？不过我想其中不乏怀有不同看法的人，只是迫于碧云姐姐的气魄，没人敢往枪口上撞。碧云姐姐也明白个中缘由，她叹了口气，说："我们要努力赚钱，让自己跟自己在乎的人在物质上不匮乏。这一切都取决于我们自己的努力。但是感情的事情，太虚无缥缈了，再努力也未必会有好结果。"这一席话说得我们都有些心酸。大家纷纷交换了个眼色，目光中都在说，哦，亲爱的碧云姐姐啊，她在爱情中并不顺利。

　　后来碧云姐姐告诉我，眼下有位先生正在追求她。对方是家族企业的老板，名副其实的出身豪门。谈吐不俗，出手阔绰，这些都是对方的优点。只是碧云姐姐觉得两人在一起不来电，因此一直都在拒绝。我问她心里有没有喜欢的对象。这回碧云姐姐有点少见的不好意思，半天才说其实有一个，是她的老同学了。双方都有意思，可总也没把关系挑明。究其根本原因，在于那位老同学现在在一家小公司里做程序员，工资水平显然跟碧云姐姐不是一个梯度。他自己也算是很清楚地对碧云姐姐表示过，觉得自己没办法给她幸福。这可真让碧云姐姐伤心。她以为，钱的问题是最小的问题，重要的是感情。可是她不知道怎么去解释，不知道这话说出去会迎来怎样的一个结果。

我无法成为碧云姐姐的情感导师，只能做她的倾听者，并且静候佳音。不久之后碧云姐姐去国外出差，大概两个月的时间里我们没有联络。她回国后打电话给我，约我们一群人再去台球厅里玩。我听她语气轻快，人逢喜事精神爽，赶快问她是不是有什么喜讯要公布。碧云姐姐嘻嘻一笑，说她订婚了。

碧云姐姐订婚了，跟那位赚得不多的老同学。周围人似乎都不看好他们这一对，碧云姐姐毫不避讳地告诉我，简直是四面楚歌，阻碍重重。好几个朋友苦口婆心地对她说，这种在经济水平上"女强男弱"的婚姻，很难长久。再列举出几个因此而宣告失败的爱情实例，可以说是信手拈来，着实让碧云姐姐不舒服了好一阵子。不过幸好她早有心理准备，已经决定了跟这个男人共度一生。心意已决，岂是一两句话能够左右的？

同时碧云姐姐也有自己的办法。她凭借自己的人脉，帮助老同学跳槽到了一家大公司，获得了一个不错的职位。两个人在经济收入上的差距在渐渐缩小。她说她从来不在意金钱问题，可是不代表老同学不在乎。要让他舒服一些，这些努力就都是值得的。我很佩服她的决断力，对她说："早知道你不会委屈自己的感情，跟一个空有白马却不是王子的人在一起，终究是不会幸福的。"

　　碧云姐姐一笑："别傻了，现实中哪有什么王子公主的那一套浪漫说辞啊？我只知道，如果我喜欢的人需要一匹白马，那我就买一匹给他。别说白马了，就算是宝马，我也可以买给他。因为真正的幸福就是坐在自己的宝马车里笑。还有什么比自己耕耘自己收获来得更加踏实呢？"

　　这时候我才想，也许我们把"对的人"想象成白马王子，从一开始就是个错误，因为这个想象的前提是我们自己是公主。然而这个想法太浪漫了。世界上有几个真正的公主呢？所以我们不得不摸爬滚打，努力活得更好，创造一个让自己快乐的世界。既然我们不是公主，那么王子也终究是个幻象。不如回归现实，看看自己的周围。如果真的有对的人，管他有没有白马，我们一样可以拥抱爱情。

　　或者简单说来，我根本不在意我要嫁的人有没有钱，因为我可以自己变得很有钱啊。

　　努力变得富有，这是碧云姐姐给我们的永不过时的人生忠告。

08 请让你的前任好好失一场恋

我的朋友小椰一度认为自己绝不会跟任何人藕断丝连的，然而现实很快抬手给了她狠狠一巴掌。

帮助现实扇下这一巴掌的是个小男孩。之所以这么形容，是因为他在年龄上的确比小椰小三岁，原本在小椰手下做事，绰号叫"阿弟"。阿弟第一天上班就毫不克制地对他的前辈兼上司小椰表现出了超乎寻常的热情，目光时时刻刻在小椰身上聚焦，并且情不自禁地流露出爱慕之情。

公司里的其他同事很快就看出点端倪来，于是拿小椰开玩笑。小椰的第一反应是有些尴尬——"工作是公事，掺杂感情总有些不舒服"。然而紧接着，阿弟开始对小椰进行了事无巨细的关怀。他主动给小椰买早餐，主动给小椰冲咖啡。只要小椰微微一皱眉头，他立马就奔上前去，询问有没有什么自己能帮忙的。偶尔小椰加班迟了，他也不走，静静等在旁边，然后再送小椰走到地铁站，从来不多说让人尴尬的话。知道分寸，却又不掩盖热情，这简直就是传说中的情人典范。老实说，也不会有哪个心智健全的人会对一个持续关心自己的人从始至终表示冷漠。小椰私下里忍不住承认，阿弟是个很不错的男生。

关系的进展在一个周末，阿弟主动约小椰外出吃饭。这是他们第一次以私事为由外出，见面后都没来由地有些不好意思。不过阿弟的热情很快就让这种现实中的疏离感散去了，他对小椰说这说那，源源不断的有趣的话题从他嘴里冒出来，把小椰逗得频频发笑。小椰打趣他说："怎么在公司里不见你口才这么好？"阿弟一吐舌头，说："我哪有什么口才啊，我这都是为了追女孩子学的。"

他这么坦白，快速地就把想法挑明了——"我这一身本事可都是为了讨好你才学的"。虽然这让小椰一阵紧张，但小椰也暗暗有些高兴他的坦荡。他喜欢她，非常喜欢，于是决定追她，为了讨她的欢心也付出了很多努力，希望她了解他的心意。这些都是很明显的事，让阿弟在小椰面前好像个"透明人"。他毫无顾忌地袒露心迹，说明已经做好了一切准备，无论小椰拒绝他、令他难堪、让他伤心还是怎样，他都愿意承受。而更重要的是，他看起来对一切都持乐观态度，他的爱里充满了"正能量"。

"正能量"究竟是个什么东西，小椰非常不解，因为她的上司有时候会批评她身上的"负能量"太多。小椰在公司里的职位很高，责任重大，在整个部门面前，她必须挑起大梁，做出些担当来，这些都给她增添了负担。难免在一些时候，她的表情有些严肃，有问题发生时，也会比谁都紧张。她很少说"一切都会好起来的"，很少用积极的眼光看待预期，总是做出最坏的打算，以便出现什么纰漏也有充足的应对措施。

　　但是自从阿弟来了之后，他总是乐呵呵又充满干劲儿的样子，让小椰感到了一阵温暖。而现在，他对着小椰倾诉内心的爱慕之情，让这阵温暖更加猛烈，宛如一个个噗噗发热的电暖气。

　　"公司里好像并没有说不许同事之间谈恋爱。"阿弟说，他看着小椰，等待小椰给出一个答复。小椰说自己必须好好考虑一下。然而两人分别后，没走几步路，阿弟就发来短信，是更加炽热的告白："我真喜欢你，做我女朋友"。小椰有点心慌，还没想好怎么回复，阿弟的电话就打了过来。

　　"你这是要干什么啊？"小椰举着手机哭笑不得。两人刚分开没两分钟，如此急切莽撞的告白里透着一丝可爱。

　　"我可以给你时间考虑，可是我实在忍不了这种等待的煎熬了。"阿弟说，"我喜欢你，这必须让你知道！"

"我知道的。"小椰回答。这时候她一面忍不住发笑一面扪心自问，的确，她承认她对阿弟产生了好感，也有交往的意愿了。但这样的决定是不是太仓促了，这段感情的未来会不会顺利……一连串的问题还在脑海中飘浮。可即便如此，小椰还是对阿弟的那一句问话"做我女朋友好不好"做出了回答，她说"好"。话音刚落，阿弟就已经跑回到了她面前，欣喜地看着她了。小椰也感到非常高兴，那会儿她想，哎，管他什么问题呢，先珍惜眼前的快乐吧。

就这样，这段包含着"年下""上司与下属"等多重重磅元素的恋爱正式开始了。他们度过了非常快乐的两个月。这两个月里，他们并未把关系对公司里的同事公开，可大家都看出了端倪，好意地不去说破。阿弟继续无微不至地关心着小椰，小椰也回报给他同样的关怀。两人一同上班，一同下班，在公司里讨论工作，在公司外谈情说爱，别提有多开心。

对着阿弟，小椰终于可以卸下部门主管的面具，无论是疲惫还是软弱都可以表现出来。她对阿弟抱怨自己的烦恼，阿弟就劝慰她，别担心，有我帮你，一切都会好的。她对阿弟抱怨对自己的不满，阿弟就鼓励她，没关系，我相信你，我会一直陪你。虽然阿弟说的都是一些简单的话，可是却让小椰非常受用。有时候她甚至觉得，只要能够静静靠着阿弟坐上一会儿，一天的疲劳就会顷刻间烟消云散。这真神奇。通常情况下，我们称之为"爱情的力量"。

两个月之后，问题逐渐出现了。小椰跟阿弟开始进入频繁争吵的阶段。这好像也是恋爱发展的一个规律，经过了"你好我也好"的和乐阶段，人们往往会不可遏制地走向下一步深渊——尝试驯服对方，证明自己在对方心中的地位，凭此在这段关系中力争上风。一般我们总是看到恋爱中会有女孩子问男孩子，你是不是不爱我了？你有多爱我？毕竟女性情感细腻，而很多男性有时大大咧咧，可能会让女性缺乏安全感，问这样的问题也不奇怪。可是在小椰和阿弟的感情里，却是阿弟率先对小椰发难。他数次追问小椰到底爱不爱他，因为在他看来，小椰把太多心思放在了工作上，甚至把他排在了工作之后。

对此，小椰当然否认。工作的确很忙，太多地方她必须亲自坐镇，一刻不能松懈。而对于阿弟，她认为自己已经努力地去挤出时间，为两个人的感情预留出空间来。可能是她毕竟年长三岁的缘故，她觉得自己比阿弟更加现实。她考虑到的是怎么样把公司里的新项目做好，怎么样拿到更多的薪水，为之后在这座城市里的发展铺好路。

可是阿弟似乎从来没有想过这些，他还保留着年少时贪玩的个性，总是希望小椰陪他打游戏，陪他看电视，陪他做任何的事情。如果小椰拒绝，他就认为小椰根本不把他放在心上。刚开始他还只是抱怨几句，而后很快发展成为大吵大闹。看着像孩子一样乱发脾气的阿弟，小椰简直目瞪口呆。她打电话给我，问我如果有男孩子站在客厅里大吼大叫乱丢东西，那该怎么把他哄好。我自然也是束手无策，忍不住问她为什么偏偏要请教我，她说："我记得你不是有个十二岁的弟弟吗？我觉得哄起来应该都差不多。"我赶快否认，告诉小椰，成熟了的男人都有着一样的成熟个性，而不成熟的男人则是各有各的个性。

事实上，小椰就是用哄小孩子的方法哄好了阿弟。她对他倾诉自己多么在乎他，让他乖乖的，许诺以后一定找更多的时间陪他。我觉得这就跟我小时候从我妈妈那里听到的谎话一样，可能小椰比我妈妈更诚恳一些。这些话第一次、第二次说出去，还是会让人信服的，可是第三次、第四次就明显不再奏效。阿弟的吵闹最后升级到了走在大马路上也会突然抽风，大吼大叫引得旁人围观的地步。小椰感到很疲累，她决定用理性的方式来解决这一问题，那就是找阿弟好好谈一谈。

小椰希望告诉阿弟，目前她的确很忙碌，没那么多时间陪伴他，这是不争的事实，但这并不代表她内心不在乎这段感情。恰恰相反，她已经非常习惯了阿弟给她带来的安定感，她也很喜欢阿弟的细心和幽默。她对两个人之间的感情是百分之百认真的，如果要好好走下去，那就必须相互理解。

没想到的是，小椰的话刚刚起了个头，阿弟就忽然说："你知道吗？办公室里那个新来的实习生姑娘对我挺有好感的，她比你在乎我，我就对她表白了。"

"表白了？"小椰差点惊叫出声。她逼迫自己连着深呼吸了好几次，然后像美剧里的人物一样开口："Excuse me, 我怎么听不懂你在说什么？"

阿弟冷漠地笑了笑，说："这有什么听不懂的？我要跟你分手，因为我已经跟别人表白了，而且她也答应了，这不是很容易理解的事情吗？"

小椰压下心里的怒火，说："你是因为生我的气才这样，能不能别这么幼稚，我们把问题说开？"

阿弟说："什么问题？就是你不在乎我而已！我已经想通了，我需要一个更爱我的人，出现了合适人选当然就要抓住。你不要再来打扰我们了。我已经告诉了很多人，我说你把我甩了，你不用担心面子问题，尽管实际上是我甩了你。"

这一段话气得小椰浑身发抖。她感到眼前的阿弟陌生极了，再不是曾经那个对她热情微笑着的阳光大男孩，变得幼稚、蛮不讲理，对感情也完全不负责任。两个人已经相处了快三个月，怎么能一句话的工夫，说分手就分手了？而且还是在分手之前就对另一个女孩子告白？这样公平吗？小椰问："你觉得这样对我来说公平吗？"

阿弟说："姐姐，我不在乎对你来说公不公平，因为你一直在伤害我！"

小椰问："我到底哪里伤害你了，一直以来我都在很努力地修补我们之间的关系啊！"她刚说到这里，阿弟就转身走了，留下她一个人站在原地，继续浑身发抖。第二天一早来到公司，小椰就看见阿弟拉着那个实习生姑娘的手，在亲热地聊着天。办公室里的同事们都有些尴尬，他们对着小椰露出探询的神情，小椰假装没看见，走进了自己的办公间。

午休时，更加令人尴尬的一幕发生了。大家围着桌子一同吃外卖，阿弟忽然站起来，牵起实习生姑娘的手，说："我要跟大家宣布一下，这是我的女朋友，我们恋爱了，请各位多多关照。"此言一出，大家自然纷纷应和着说恭喜，可还是忍不住纷纷观察小椰的脸色。小椰只能咬着牙，面带微笑跟着拍手。不料阿弟竟把脸一转，对着小椰说："小椰姐，请你放心，我一定不会因为恋爱耽误工作的，如果你不允许我们在办公室里自由恋爱，那我可以辞职！"实习生姑娘听了这话之后明显慌乱了，赶忙说："你不要辞职，要走也是我走啊……"

小椰忍不住要冷笑了，两个人这是在自己眼前表演什么偶像剧呢？她毕竟是在职场和情场都历练过了的人，所以仍旧能够克制一口血喷出来的愤怒，表面上淡淡地说："这倒不必，大家只要努力工作就够了，相信咱们部门一定会越做越好的。"她站起身走开前的一刻，看到阿弟对着她露出了一个得意的笑脸。他为什么得意？这样激怒自己，他感到很好玩吗？小椰更加生气了。

三天过去了。这三天里小椰面对阿弟跟实习生姑娘公然的恩爱表现不堪其扰。她承认她心里非常难过，这个男孩在不久之前还对自己信誓旦旦，浓情蜜意，怎么一转眼就变了？况且没有人能够在短时间内从一段认真对待的感情中走出来，失恋的忧郁情绪在小椰身上全面爆发。她吃不下饭，心神不宁，总是忍不住翻看热恋时期两个人的聊天记录和照片。走在路上听见一家咖啡馆正在播《他不爱我》这首歌，小椰的眼泪差点掉了下来。

大概一周之后，阿弟在工作中犯了一个很大的错误。这个错误有可能会导致公司财务上的损失。负责这一问题的同事来找小椰，问怎么处理。小椰硬下心肠说："秉公处理就好。"同事说："那恐怕就要开除阿弟了。"小椰叹了口气，点了点头。

当天晚上，小椰加班结束，从办公间里出来，竟然又看见了阿弟。他就像几个月前一样，呆呆地等在那里，好像时光从来没走。阿弟迎上来，说："我好像快被开除了，以后恐怕也没机会再送你回家了，今天我送你回家。"这话说得让小椰一阵心酸。

两个人并肩走在路上，起初谁也找不到话题来说，有些沉闷。后来还是小椰先说："别担心，也许会找到更好的工作机会。"阿弟叹了口气，说："是我自己太幼稚了，粗心大意犯这样的错误，我应该受罚。"这时他停顿了一下，又说，"这些天里我总是不能集中精力，每时每刻都在想着你。"

"想着我？"小椰有些惊讶，她说，"我以为我们已经结束了。"

阿弟摇了摇头，他说："不，没有结束过，我跟别人在一起只是为了让你生气，我想看你有多么难过，就证明你有多在乎我……"

这实在太幼稚了。小椰心里说。可心里还有另一个声音——他还爱我！想到这里，小椰忍不住哭了，为她最近的难过，也为一种说不出来的喜悦。

阿弟拉着小椰的手，说他对那个实习生姑娘只是逢场作戏，根本没有真感情，他喜欢的只有小椰一个。给他一点时间，他一定会跟那个姑娘说清楚，但是希望小椰答应，让他现在就回到她的身边。

两个人在街头紧紧相拥。现在小椰忘了，自己也是在演一出不知结局如何的偶像剧，有些狗血，充满槽点。但重要的是她感觉很快乐，毕竟她的爱情又回来了。

阿弟跟小椰和好了，这是一个秘密。但小椰无法再硬下心肠对他，眼看着他要被开除，不能什么也不做。小椰就想办法找了公司里的朋友，让阿弟转去了另外一个部门。阿弟非常感动，只是他还没有跟实习生姑娘分手。

转眼半个月过去了，公司里，阿弟跟实习生姑娘甜甜蜜蜜；公司外，他就跟小椰甜甜蜜蜜。小椰不是傻瓜，很快看出了问题。这家伙好像有了两个女朋友！这根本就不是专一的爱情！于是小椰对阿弟下了最后通牒，他必须赶快做出选择。这时候阿弟的情绪又爆发了，他大吵大闹，说小椰根本不懂得体谅他，根本不善良，也不去想一想那个姑娘的感受。

小椰气急了，凭什么她要去想那个姑娘的感受？！这是阿弟应该做的事。如果他真的会体谅别人，他就不会对感情不负责任，不会在没把一切整理清楚前就匆忙地陷入另一段感情里。

这次的争吵之中小椰没有再去迁就阿弟，而是把自己的不满和思考都一股脑地说了出来。阿弟意识到自己的发疯已经无法"震慑"小椰了，于是他选择绝尘而去。在绝尘而去之前，当着小椰的面打电话给实习生姑娘，他明目张胆地说："宝贝，我承认这段时间里我对我们的感情有过动摇，可现在我明白了，你才是最体谅我的人，我选择永远跟你在一起。"

小椰目瞪口呆。

就这样，感情又一次进入了僵局。小椰甚至不知道自己为何会被同一个男人连续甩了两次，还是用这样幼稚可笑的方式。这一次，她决定再也不原谅他。然而没想到，实习生姑娘来找小椰了。

姑娘很坦诚，她说之前真的不了解阿弟跟小椰之间的纠葛，如果了解，她一定不会介入其中。现在她已经跟阿弟提了分手，如果此前无意中让小椰难过了，她道歉。小椰由衷感到心疼，她道歉什么呢？这根本不是她的错啊。两个女孩惺惺相惜，约定好都不再去搭理阿弟这号人物。实习生姑娘结束实习，回归校园，此后的情况不了解。但小椰不可避免地还要跟阿弟在同一家公司里共事。而阿弟又渐渐地开始对小椰殷勤起来了。

　　一天午休，小椰趴在桌上睡着了。而阿弟就在这时候走进了办公间，他温柔地为小椰披上衣服，还轻轻地吻了她的额头。小椰吓醒了，问他这是要干什么，阿弟说："这有什么奇怪的，你知道我喜欢你啊！"

　　小椰十分震惊，她没想到一个人可以把这种撩拨做得如此光明正大。她告诉阿弟，两个人已经分手了，请他不要再来打扰自己。阿弟就走开了。可他还是时不时做着那些亲密的小动作，让小椰十分尴尬。如果小椰对一切感到了恶心，那么她大可以对阿弟大发雷霆一次，然而可怕的是她对阿弟还怀有感情。阿弟这样的反复，让她根本没办法好好"失恋"。他的身影始终挥散不去，让她怎么咬牙选择放手？

　　我给小椰播了一首歌，是张宇的《单恋一枝花》。歌里面唱"你只要大声说拜拜，看究竟是谁离不开"。小椰起先还取笑我听这么老的歌，但很快她沉默了。她说这歌词写得真好，她很需要快刀斩乱麻的勇气。作为朋友我提醒她，赶快离阿弟远一点，能躲多远躲多远吧。浪漫传说里的缠绵悱恻都跟偶像剧里的爱情梦想一样，可以远观，但放到自己身上，还是坦荡和真诚更加重要。当然，歌里还有那一句有些调侃意味但同样实用的，"这世界还是精彩，你又何必单恋一枝花"。

小椰要出国进修了。她删除了阿弟的所有联系方式。我明白她已经"大声说拜拜"了。走出这一段回忆，才能有一段崭新的开始。我衷心祝福她。

在此说一句忠告，放过你们的前任，让他们好好失恋吧。我知道不少人在心里都信奉着"情人还是老的好"这句话，不少人在分手后会想要再次回头，不少人尝了苦头才知道自己原来曾经无意中放走了人生中最好的"小幸运"。但是爱情不像物件，破镜重圆之后还是会有裂痕，回炉再造的陶瓷也总归不是最初那个韵味了。来回的撩拨和放手，除了对一个人的真心造成伤害之外，能够带来的美好实在不多。所以，如果你还尊重你的前任，如果你真心真意地"爱过"前任，如果你没有做好一生一世的准备，请求你放过他吧。每个人被称为"前任"时都很痛苦，请尊重这种痛苦。

也请不要操心，他们最终都会找到更棒的现任。

09　保持青春的法则，那就是永不将就

　　扣子的年龄比我们大一些，是我们的好朋友。她刚从英国回来，本来英文名字叫Coco，有人嫌烦，干脆叫她"扣子"。我们是晚辈，虽然也爱拉着她开玩笑，但统一口径叫"扣子姐"。

　　扣子姐三十二岁，电脑工程师，人美嘴毒，从外表上完全看不出年龄。若是她看不上眼的事，必然要张开嘴，毫不留情地轻启朱唇，朝当事人飞来一把刀。只要扣子姐张嘴之处，再无别人吐槽的一席之地。她的吐槽往往精准，一针见血，说起来思维缜密，妙语连珠，让人毫无辩驳的余地。但由于她总是出于好意，用词上也颇见功夫，从不让人难堪到下不来台，所以我们都喜欢她。有什么事情为难了，都想跟扣子姐商量。

　　扣子姐最喜欢吐槽的就是我们的恋爱问题。"脑海中

不切实际的幻想多如糨糊，与其说是在跟别人谈恋爱，不如说是在跟自己的想象谈恋爱！"她批评我们，"成天嚷嚷着可以为爱做任何事，到头来根本不知道爱是什么！"我觍着脸说："扣子姐，你看我的爱情观是不是比较靠谱啊？"她用食指点住我的脑门，一副恨铁不成钢的表情："你啊，别以为会写点文章就可以自认为是爱情专家了，照我看，你连怎么去爱别人都还没学会呢！"

扣子姐的批评都是对的，我们很需要她的教诲，以此来敦促自己自省。特别是迷茫的时候，扣子姐总能帮助我们当机立断做出选择。

前些天扣子姐发了奖金，做东请客，大家聚在一起吃烧烤。我们一群人呼啦啦地坐下了，菜都点好了，一个好朋友齐兵才到。我跟齐兵不算太熟，印象里他是个很开朗的男生。他这次来，身边跟着个陌生女孩。齐兵介绍，说这是他新认识的朋友小巫，带过来给大家认识一下。我们对小巫表达了热烈的欢迎，她跟大家一一问过好后，就小心翼翼地坐在了齐兵旁边。看得出来，她很拘谨，说话不多，基本都用微笑作答。吃了一会儿，齐兵说要先送小巫回家，就带着小巫先走了。他们一离席，大伙儿立刻七嘴八舌地议论起来，说没想到齐兵这么快就交到了新女朋友。

这时候我才知道，原来齐兵上星期刚刚跟交往了四年的女友分手。当时他表现得悲伤欲绝，让朋友们狠狠担心了一次。不料这家伙一转眼就立刻从情伤里走了出来，好像重新回到了爱情的旋涡里，实在让人唏嘘不已。扣子姐就听着大家说，并没有发表意见。没过多久，齐兵就回来了。他一回来，立刻露出兴奋的神情，问我们："哎，你们觉得小巫漂亮不漂亮，可爱不可爱？当我女朋友靠谱不靠谱？"

于是大家又是一番热烈的议论。有人说真不错，能交到这么好的女朋友，你小子就该偷着乐。也有人说大家才见了第一面，现在还不了解，不好随便下结论。齐兵的脸上很快流露出得意的神情，说："年轻姑娘就是好追，说几句好听的，送几个小礼物，立马就心甘情愿地做我的女朋友了，实在是不曾想过的顺利。"

扣子姐等大家都说完了才开口，第一句就问："姑娘多大了？"齐兵回答："十九岁，刚刚读大学二年级。"扣子姐笑了一声，问："你们认识了多长时间？"齐兵回答："刚认识不久，在游戏里认识的。"扣子姐问："你喜欢她吗？"齐兵一摸脑袋，说："现在还谈不上喜不喜欢吧，就觉得她人不错，先处着再说……"

话还没说完，我们都有了不好的预感。这种对感情缺乏责任感的言辞居然敢在扣子姐面前明目张胆地说出来，看来齐兵今天必然逃脱不了一番制裁。果不其然，扣子姐先开了一罐啤酒递给齐兵，趁着他嘻嘻傻笑的时候，毫不留情地断然"开火"了。

扣子姐说："我就问你，就凭一个'人不错'就可以先处着看吗？等处一段时间感觉不对了，再一把推开，说一声'我们俩不合适'，就算彻底摆脱，然后再寻找下一个，这是你的打算吗？"

齐兵有些尴尬，慌忙说："不不不，我绝不会做任何出格的事情的。"

扣子姐再问："什么叫出格的事情？玩弄别人的感情，让别人有了期待，再让那个期待落空，就是不出格的事情啦？"

齐兵赶快辩解："我哪儿玩弄她的感情啦？我承认我说过我喜欢她，会对她好，这不算玩弄感情。现在这种善意的谎言大家随时都在说，对着陌生网友都能说出来……"

扣子姐冷笑着看着他，说："不对，你对她表达了感情，她接受了，也相信了，所以才答应做你的女朋友。她会陪着你出来见朋友，自己很拘谨，可还是努力融入这个她本来不熟悉的氛围里来，那是因为她在乎你，她认认真真地在扮演'你的女朋友'这个角色。可是你呢？你根本不确定自己对她的感觉，甚至把她送回去之后还兴致勃勃地跑回来向朋友炫耀。如果你不是玩弄她的感情，你就应该大大方方地告诉我们，小巫是你的女朋友，让我们相互认识，而不是向我们征询意见，问我们小巫怎么样，做你女朋友靠谱不靠谱。"

齐兵不说话了，眼睛就盯着酒杯。

扣子姐继续说："我想知道，如果大家一边倒地说小巫真好，真羡慕你能追到这样的姑娘，你从此以后就会认认真真对待小巫跟这段感情吗？如果大家一边倒地说小巫不好，不适合你，那么你就会立刻跟小巫分手，把她抛诸脑后吗？"

齐兵干笑了几声。旁边的朋友打圆场，说："嗨，齐兵也就是想把新交的女朋友带来给我们炫耀一下，毕竟他刚分手不久，被前女友伤得够深的，扣子姐你就别说他了。"

扣子姐说："我知道齐兵的事，我知道分手那天他很伤心，他对那个姑娘有很深的感情，所以我才好奇，他怎么可能这么快就放下了，这么快就跟另一个人走到一起？"

大家都看着齐兵。齐兵慢吞吞地说："她把我甩了之后，我太难过了，我想先随便找个新女友将就一下，不然我很难走出来……"

我们都知道，齐兵这是吐露心声了。依靠一段新感情走出旧感情失败带来的阴影，的确是一些人所信奉的"爱情格言"。就好像日常生活中寻找一个替代品来达到自己的满足感一样，只是有时候我们残忍地忽略了，在人与人之间的关系中，本来就不应该存在"替代品"。每个人都是独一无二的，都有自己的感情。而如果一个人知道了自己是为了帮助别人摆脱另一段回忆而被"随便"找来的话，那么这个人一定会伤心的。

扣子姐又开了一罐啤酒给齐兵，她没有很严厉地责备他，只是轻言细语地说："'随便'地跟小巫在一起，你就觉得好受了吗？但是你有没有想过小巫的感受？她跟你的前女友一样，跟世界上所有姑娘一样，都有感情，都会伤心，凭什么她就是可以被'随便'对待？你这样匆忙地将就，其实是在伤害别人，也是在麻痹自己，根本没用的，你走不出那个阴影，阴影只会越来越大。"

后来大家都不怎么说话了，都在相互敬酒。我以为是扣子姐那一番话说到了很多人的心里，"将就"是大部分时候我们自我安慰的一种方式，几乎成了习惯。"将就"几乎象征着一种更加轻松、方便甚至说是稳妥的方式。只是我们都没有想那么多。好在扣子姐又给我们上了生动的一课。

吃完饭后，有朋友问齐兵跟小巫的事打算怎么办。齐兵虽然喝了不少酒，可是却很清醒，表情严肃地说："小巫是个很好的姑娘，但还是做朋友比较好，我会跟她说清楚的。"站在一旁的扣子姐听了，轻轻一笑。

没想到不久之后，小巫找到了扣子姐。原来齐兵把事情的前因后果都告诉给了她，并且对她郑重道歉，这其中扣子姐的形象尤为突出。小巫来找扣子姐，她说自己并不生齐兵的气，因为整件事里她自己也有错。

　　小巫之前没有交过男朋友，虽然有过心生好感的对象，但因为羞于表达，所以一直没能正式交往。没想到就因为没有谈过恋爱，小巫在大学宿舍里遭到了嘲笑，一个室友更是提出"有男朋友就是一个女生魅力的象征"，说小巫毫无魅力，简直可怜。这些话伤了小巫的心，她想要证明自己是可以交到男朋友的。所以在游戏里一认识齐兵，看对方对她很热情，她也没多想，很快就答应了。答应之后小巫有点后悔，觉得自己太唐突了，担心会伤害到齐兵，所以她决定要努力做一个"模范女朋友"。没想到这时候齐兵找到她，把事情说开了。

　　扣子姐对这个故事的内情哭笑不得，原来两个人都是动机不纯，只批判齐兵一个显然是有点不公平。可小巫的态度让扣子姐很喜欢，她告诉小巫："别听你室友的那番言论，要贫瘠到靠恋爱经历来证明自己的魅力，那这个世界到底是什么样啊？"

　　很显然，小巫最初的态度多少也是有一些"将就"心态的，想要尽快证明自己可以交到男朋友，所以没有仔细考虑，先"将就"着交一个。扣子姐把教育齐兵的话又说给她听了一次，告诉她："别将就，这是很不负责的行为，虽然可能会有短暂的快乐，但终究还是会带来伤害。如果只盯着暂时的好，那目光未免太过短浅，毕竟人生还很长很长啊。"

　　后来小巫参加过一次我们的聚会，不过这次是以扣子姐朋友的身份来的。我们要她猜扣子姐多大，她猜二十五岁，说看起来像是大学毕业不久。我们都大笑起来，不过也认同她的说法。扣子姐的确年轻，朝气蓬勃，她说大好的人生在眼前，任何时候都别流露出自己已经"垂垂老矣"的样子啊！

目前我们还没有"扣子姐夫"，扣子姐也不着急，她说爱情不是"找"，而是"等"，千万不能操之过急。有人说她就是考虑的时间太久了，她立刻驳斥，那可是要过一辈子的人，此后的人生里每天都要面对着那张脸了，难道还不应该认真考虑吗？这可是最需要认真考虑的事情之一了！

我偷偷问过扣子姐保持青春的秘诀，扣子姐想了想说，那就是永不将就。

想要吃到两个街区外的甜点，那就坚持着走过去买，别拿楼下超市的面包来将就；想要让自己变得更美，那就坚持运动和保养，别拍了照之后随便用修图软件修一修来将就；想要跟一个什么样的人共度余生，那就耐心等待，真心付出，别见到一个还不错的就决定将就……

这世界为我们准备了太多可以将就的东西，也许唾手可得，但却并不适合。好在这世界上也有太多我们真正想要的东西，为了真正想要的，别将就，一直努力向上，一直努力向前跑吧！

也许想象中的爱情总是浪漫唯美，充满不确定，也有人把它想象成游戏。但时刻不要将就自己，要认清现实，追求幸福，这才是我们该有的态度。我想这是扣子姐想要告诉我们的道理。

10 海誓山盟无用，"情话大王"失恋了

　　因为秦秦喜欢在微博上写写情话，我们跟秦秦玩得好的几个朋友开玩笑，说秦秦是"情话大王"。每当有人想要表白爱意，或是追求"男神""女神"，大家就都会推荐秦秦去帮忙。所幸还从未失手，好像秦秦写的情话真能感动别人，这真值得高兴。

　　那会儿有个姑娘很喜欢秦秦写的情话，经常转发微博，然后@一个人来看。我们猜那是她的恋爱对象，有时候会偷偷去看他们两个之间甜蜜的互动，秦秦也为他们感到高兴。大家总说大爱无言，真正的爱往往不会说出口来。但我以为用文字和语言表达感情是非常美妙的事。如果不表达，那么谁会知道呢？所以我赞成秦秦的表达。那时候我是情话的拥趸，也是网络情话的创造者之一。

　　然而可惜的是，从没有人知道秦秦写的一直是"有主"情话。她后来才愿意告诉我。

　　刚跟秦秦认识时，她是个标准的实用主义者，做事向来比较干练，纵然能倚马千言，落到实际的沟通交流中，并不懂得该如何准确表达自己的感情。曾经有人断言秦秦在情感交流方面存在问题，建议秦秦去看心理医生，她当然没有去。不过抓不住自己喜欢的，似乎一向是她的遭遇。

　　在一群人面前，她时常沉默，找不出话来说。看到有好感的男孩子就近在眼前，秦秦反倒恨不得赶快找个地缝钻进去。经历了几次嘲笑之后，秦秦对我说，她决定努力活泼一些。不知怎么，大概是不小心矫枉过正了，她变得有点油嘴滑舌，从一个不知道怎么说话的人，忽然变成了一个总是开口说笑话段子的人，朋友们虽然有点惊讶，但还是很快就接受了。这样的副作用是秦秦仍旧不能够对怀有好感的男孩子表达感情，取而代之的是秦秦可以跟很多男孩子成为好朋友。他们都认为秦秦活泼，搞笑，情话可以信手拈来，可以作为他们找女朋友的智库。

　　就连他也对秦秦说："如果你是男孩子，真不知道会偷走多少女孩子的心啊！"他是秦秦偷偷爱慕的对象，我们跟他不熟，印象里是个随和又开朗的人，很快就能跟大家玩到一起。

　　秦秦对他说："我要那些心做什么呢？我只要一颗真

心就足够了。"

他哈哈大笑起来，说："看看看，又来了，一刻都不能正经点。"

秦秦陪着他笑了一阵，可是心里又是懊恼又是内疚，那明明是一句真话啊，为什么他不相信呢？

从那时候开始，秦秦把所有想对他说的真心话写在微博上。奇怪，好像语言变成文字之后，可信度就加深了一分。秦秦不停地写写写，好像越多人看到，他理解秦秦的机会就能多一点、再多一点。他果然注意到了，再见到秦秦的时候，就找机会拿秦秦打趣。

秦秦赶着去教室，他说可以帮秦秦买早饭，秦秦说不必了，这样太麻烦，偶尔饿一顿也没什么。他就哈哈笑着说："噢，我已经很强大了，在你身边，偶尔依靠我一下也没什么吧。"这是秦秦写的情话。秦秦请客吃饭，问他想吃什么，他拿不定主意，我们就听从了其他人的意见。秦秦问他感觉如何，他撇撇嘴，说："要是我什么也不用说你就知道那多好，可惜你连我有很多没说都不知道。"这也是秦秦写的情话。他用这些话来回答秦秦，看秦秦有点尴尬的表情，然后哈哈大笑。

有一次把秦秦气急了，大家都跟着笑秦秦。秦秦破釜沉舟，忍不住恶狠狠地说："你知道那些话都是写给谁的吗？"

他一怔，说不知道。

秦秦故意挑衅似的说："那都是写给你的。"旁边的朋友们觉得秦秦又在说笑话了，于是纷纷笑得更大声。他有点尴尬，说："写给我干吗，是不是精神不正常了？"秦秦说："哈哈对啊，我是精神有病，那也不怕，反正你是医我的药。"朋友们一听这话，继续欢呼叫好，认为秦秦这是故意在跟他斗嘴，而且占了上风，显然值得庆贺。他看着秦秦，又是咬牙又是笑，不过也没再说什么了。

其实秦秦恨透了自己不坦荡，她希望自己能断了这个想法。他不喜欢秦秦，对秦秦没意思，只是跟秦秦开开玩笑，把秦秦当作普通朋友。就算有些玩笑开得过了火，那也是朋友之间的事情，怎么也跨越不到爱情那一步。秦秦心里很清楚，可是却还是喜欢他。如果他能喜欢我多好啊，秦秦暗暗地想，然而没用。爱情这回事本来就强求不得，秦秦只是固执地做自己的梦。

他还是跟着我们一起玩儿，大家一片和气。只是他不再提秦秦的情话了，像是怕再惹了秦秦。别人谈到秦秦的情话，他也只是随着一笑而过，不予置评。秦秦心里很懊恼，又松了一口气。秦秦说，这回事也很怪异，要是感觉到他在关注自己，那秦秦就免不了提心吊胆。他要是不关注秦秦呢，内心虽然免不了失落，可却觉得踏实了一些。总结来说，恋爱真烦。

后来发生了一件事情，他追求一个女孩子，结果碰了壁。据说那个女孩子对他时冷时热，难以捉摸，让他成天不得安稳。有朋友就说，一定是因为他太不浪漫了，才让姑娘不肯下定决心答应他，应该轮到秦秦出场。他听了这话倒是向秦秦投来了求救的目光。秦秦赶紧说自己又不是爱情专家，恐怕帮不了什么忙，别弄巧成拙了。他却一笑，认真地看着秦秦说："你知道吗，你可是这个世界上我所认识的人里面，最浪漫的人了。"

"我浪漫吗？"秦秦扪心自问，说不出话来。原来他很喜欢秦秦写的那些情话，他说这些情话并没有让他觉得矫情，反而真实又感动。他又说，自己的确不会表达感情，纵然是在表白之中，也不能确定自己的心意是否真的传达到了。他问秦秦，能不能用一些秦秦写过的情话，发给那个女孩子。秦秦说好，打开自己的微博，由他选择。他选好了哪一条，就抄下来，然后秦秦将那条删掉，防止被人发现。

他当着秦秦的面看那些明明是写给他的话，这种感觉可真是奇异，秦秦大概永远不会忘记了。可惜他在挑选那些话时，心里想的都是这些字句能不能表达自己的感情，却没有设想过这些字句表达了作者的哪些感情。如果他设想了，那么他应该懂得一点秦秦。我是这样猜想的。又或者他早就懂得秦秦，只是一直在装傻。世界上永远都不缺少善于装傻的人，这真是个残酷的事实。

情话攻势多少显现出了一些效果，那个女孩子觉得很新鲜，问他怎么一下子变得这么嘴甜了。他觉得转机来了，赶快再来请教秦秦，说想给那女孩写一封情书。现在还会这样表白的人不多了，如果能写下一封感人至深的情书，那么这次追求一定能迎来胜利。秦秦答应了。她逼迫自己静下心来，用上毕生绝学，把所有山盟海誓，所有温柔的谎言，所有做过的关于他的美梦，统统用文字表达出来。重要的是还必须以一个男性的口吻，这实属不易。

总之秦秦把自己关在房间里，坐在电脑前足足憋了三个小时，删删减减刚好一千个字，终于拿出一份精品。这份精品我们无缘看到，秦秦只把原件给了一个人，就是他。他接收以后，秦秦感到一阵气血上涌，仿佛自己的心意都被他看得一清二楚了。她又是紧张又是悲伤，独自躺倒在床上胡思乱想。大概到了半夜的时候，他发来消息，说女孩子还是没答应做他女朋友，说送情书太老土了，里面的文字也土得掉渣。他又说："没关系，还是谢谢你，我觉得这封情书很美，我会自己保留的。"

这件事对他来说，似乎很容易就过去了，但是在秦秦这里却没办法那么快就过去。接连十几天的晚上，秦秦都要躺在床上默默地掉一会儿眼泪才算完。她说她觉得自己失恋了，连暗恋的美好都不再拥有。那封送出去的情书，是她所有情话的集大成，是她真实心情的写照。她说她后来再回看那些话，惊觉自己的字句真的"土得掉渣"，没有任何华丽的字句，没有任何诗情画意，她只是在反复说着，我想跟你在一起，给我这个机会吧，我会想尽一切办法让你每天都开心。内容反复，语言啰唆，唯一的优点大概只剩下坦诚。

写作的人大概都知道，用心写出来的文字不会说谎，有时候看一个人的文章就足以让这个人的所有秘密无所遁形。如果他有自己的正常思维，他不会看不出这封名义上帮他写的情书实际上就是为他而写。而如果他看出来了，不得不说用这样的方法传达自己的心意，秦秦果然很浪漫。从某种程度上说，她不愧于自己"情话大王"的称号。

当秦秦能够对我讲述这件事，并且希望我把她的故事写下来警醒其他姑娘或是男孩子的时候，她已经彻底从这件悲伤的往事里走出来了。我们可以这样概括她这段情感故事，或者坦白一点说，这段情感"事故"：她陷入了无望的单恋，她没有为自己争取，她退而求其次希望做他的朋友，她帮助他追求别人，他失败了，她也失败了。值得庆幸的是，失败令她意识到他是她的一场好梦罢了，所以她决定做一个理性的人，从这场梦里醒过来。过程很痛苦，不过好在已经过去了。生活将会继续，tomorrowisanotherday。

秦秦删掉了微博上的所有情话，她说在写那最后一封精华版的情书时，她顿悟了一件事，那就是再多甜言蜜语也比不上最直抒胸臆的表达。她不爱看情话了，开玩笑说那些句子总有一股"恋爱的酸臭味"，实际上是她觉得语言永远不如行动有力，她退回到最开始的那个单纯的实用主义者。没错，人群里她又有些沉默了。可有时候，不那么油嘴滑舌实在是一个人的美德。我以为这样的秦秦更加让人想要亲近。她的朋友并未减少，他也依然是她的朋友。

后来也有人打听过，他对秦秦是怎样的印象。他说秦秦很好，性格天真烂漫，浑身都散发着文艺气息。我听到他的这个回答后，有些遗憾他还是没能看到秦秦真正的样子。不过换言之，或许秦秦在他面前，本来就不可能做回最普通的那个自己吧。毕竟无论是谁，只要遇见了那个让自己倾心爱慕的人物，大凡自身都是会有些变化的。从不浪漫到浪漫，从不温柔到温柔，之间可能只有一个眼神的距离。能够为一个人而改变，说不定也是一件幸事，只是千万别找错了人，也别让自己变坏。

"情话大王"失恋了，她退出了情话界，然而我还在写，大概是让我想倾诉感情的人还没有让我失望，又或者是我原本就没那么容易失望吧。对我来说，浪漫永远只是表皮，真正的爱却是本质。我相信真正的爱存在于这个世界上，并且很美好。每当我这样想着的时候，我就会感到高兴。而最好的是，我们还都拥有爱的能力，没有沮丧到万念俱灰，那么就说明我们还有爱的美德。时间很久，我们能够把这种美德传扬下去，直到永远。

我相信。

Romance needs to be revealed

第三章

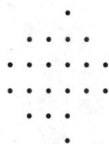

【治好你的"不浪漫"】

浪　漫　需　要　揭　穿

01　世间终有长相厮守（上）

　　我妈妈老是教育我，说我们这一代年轻人对待感情问题太过轻佻，平日里看见明星闹闹离婚，就开始吵着说自己不相信爱情了，在她看来简直欠揍。虽然她也不过比我年长二十来岁，看起来依旧年轻漂亮，可是硬是要表明思想上跟我们彻底不属于同一个地球。比如她问我最浪漫的事是什么，我就会告诉她，世界上哪有什么真实存在的浪漫呀？能相互尊重着一起生活下去，不彼此厌烦就好了。听了我这话，我妈妈一个劲儿地撇嘴，她说我一个年轻姑娘，爱情观怎么就像是受过伤的女人了？在她看来，世间终有长相厮守。

　　为了说服我，她就把她知道的一个爱情故事告诉了我。这个故事发生在我爸妈跟我现在同龄的那个年代，所以那时候还没有我。不过我妈妈保证它是真的。生活里的真事都琐碎平凡，可生活里的故事都比小说还好看。我今天就打算把这个故事说出来，希望能够说服更多跟我一样，对长相厮守不抱奢望的人。

那是改革开放初期，东北的城市没能先富裕，可这也不妨碍人们都赶起时髦来。那时候大胆的姑娘们穿紧身喇叭裤，涂红了嘴唇，刘海吹得老高，成群结队地在路上走。大胆的小伙子们骑着摩托车掠过，卷起来的风吹起她们乌黑发亮的头发，她们的笑容鲜妍明媚，宛如四月的春光。

那时候自主经营的产业开始增多，形形色色的职业催生了形形色色的人。有些人很不老实，成天跑东跑西，有了自己的团体。他们成队出行，声势浩大。他们有时候逛录像厅，逛夜总会，搓麻将，骑着摩托车在路上狂飙，有时在路边逗逗姑娘，有时也打架。平凡人不敢惹他们，就像那会儿的电影《古惑仔》那样。不知道东北这里的古惑仔叫什么，可能叫混混，也可能叫流氓。

大哥就在这时候登场了。他叫什么名字我并不记得，有可能是大哥王，也有可能是大哥陈，不过名号并不重要。大哥都要从小弟做起，做小弟的第一天，他跟上的那位大哥就给他起了个绰号，叫豹子。因为他长得壮，跑得快，跑起来虎虎生风。

有不懂事的人提议叫他虎子，大哥的大哥一听这话，脸色立马一沉——虎是山中霸王，你一个小弟怎么敢刚来就把"王"字顶到脑门儿上？大哥虽然年轻，可人很聪明，他明白大丈夫能屈能伸，连忙表示自己要了"豹子"这个名字。起先周围人不大把他放在眼里，端茶倒水都让他去做，张口闭口喊的是"小豹子"。后来他在几次关键性的群架中大显神通，以一当十，迅速地树立了威信。方圆百里之内，无论混黑道白道的人都知道有这么一个年轻利索的家伙，发起狠来不好惹的，渐渐都敬称他一声"豹子哥"。

豹子哥能打能跑，又聪明，很快就发展出自己的门路来，有些小弟向他靠拢。他不好抽烟，也不乱喝酒，让想讨他好的人几乎无从下手。不过他们还是想出了办法来——二十好几的豹子哥还没有个正经女朋友。其他小弟成天招猫逗狗，带来给豹子哥看的姑娘不在少数，可豹子哥却沉得住气，总是客气而礼貌地招呼一声就离开了。他在静静等待自己的爱情。

冬天里下了第一场雪，天冷得嘎巴嘎巴直响。豹子哥出门去，到一所学校门口见一个朋友。彼时豹子哥一米八几的身高，头发是乌黑的天然卷，生动的脸上，一双眼睛大而明亮。他身上穿着崭新的皮夹克，双手插在口袋里，在茫茫的雪地上大步流星地走。到了目的地，他才瞧见这竟是所女子高中，这会儿正赶上中午下课的光景，一群群年轻姑娘从校园里涌出来。豹子哥站在那里等了等，不见朋友来。他心里就有些明白了，这八成是一个骗局，吸引他到这里来，怂恿他赶快找个女朋友，真是想想都觉得好笑。就在这时，豹子哥才发觉，他伫立在学校门口，已经吸引了一些姑娘好奇的眼光。她们远远地聚在一边，正偷眼看他，他一抬起眼，她们就慌忙别过头，嘻嘻地笑起来。她们笑了，可见是不恼，于是豹子哥就大胆地注视着她们。中间有个女孩，在顷刻间吸引了他的全部注意。

她比其他女孩子要高些，瓜子脸，刘海烫得弯弯的，藏蓝色的外套里穿着件雪白雪白的短毛衣，下身是手工织出来的明黄色的鱼尾裙。这条鱼尾裙映得她整个人都鲜活起来了，像所有灰蒙蒙的人群里，唯一会发光的小灯笼。她也在笑呢，脸冻得红扑扑的。豹子哥忍不住老是盯着她看，总觉得每看她一眼，都能看出不一样来，怎么看都看不厌烦。他就这么看着，看着，一转眼，那个姑娘竟然脱离了人群，径直朝他走过来了。她穿着紫红色的女士靴，靴面擦得好亮。她走得很快，几步就到了他眼前，理直气壮地问："你看什么？"

豹子哥猛地回过神来，这才意识到自己正被个姑娘指着鼻尖质问呢。他还没来得及道歉，先被她煞有介事的神情逗得发起笑来。他这一笑，周围看热闹的人也都笑了。眼前的姑娘有些恼，她把葱白一样的手猛地收回来，带着气说："我当是个什么有意思的人物，原来不过是个只会笑的傻小子。"

豹子哥好奇地问："你凭什么以为我是个有意思的人

物？又凭什么认为我是个傻小子？”

姑娘别过脸去：“我凭什么告诉你？”

豹子哥卖了个乖，干脆笑着说：“因为我傻呗。”

他这么一说，周围的笑声更加热烈，连姑娘自己也笑了。她显然意识到这个男人让自己占了上风，忍不住有些高兴。她问豹子哥：“你叫什么？”

豹子哥说：“我叫豹子。”

姑娘眼珠一转，说：“豹子头林冲，《水浒传》里的，你倒像他。”

豹子哥没读过《水浒传》，只听过评书，知道是好话。他也问她：“你叫什么？”

姑娘笑嘻嘻地说：“我叫苏丽云，你叫我丽云就行。”

豹子哥在心里琢磨，“丽云”听起来难免太亲昵，就开口叫了她一声：“小苏。”

“我让你叫我丽云，你偏不，你这人胆子倒是大得很！”小苏瞪圆了眼睛，虚张声势地说。

在我面前大呼小叫，你这丫头才是胆子大得很。豹子哥心里想着，可还是忍不住笑着。他很乐意看她逞强，她逞起强来特别好看，什么林青霞，什么胡慧中，可统统不如她好看。

既然她这么好看，他就问她，能不能请她吃午餐。那时候西餐刚刚流行起来，他知道附近就有一家，很上档次的，可以带她去吃。她回绝了，模样很矜持的，是想让他知道她可不是随随便便就能搭讪带走的姑娘。他难免有些失落。

朋友们招呼小苏回学校里去了。她应了一声，紧走几步，再回头看一眼注视着她的豹子哥，忍不住说："林冲，我告诉你，你要是有胆子，就该像罗密欧那样。"

罗密欧是谁？豹子哥来不及去想。他干脆一撇嘴，说："那是外国人干的事，咱不干。"

这句话又逗笑了苏丽云，在他面前苏丽云太容易笑了。她笑着笑着，就温柔地说："那你晚点再来这儿附近转转，说不定咱们能遇见。"说完一扭头，小跑着走远了。豹子哥静静地看着她的背影，是茫茫大雪里，唯一一个带有颜色的光点。那光点跳跃着，渐渐跟他的心跳重合。

当天晚上，豹子哥就跟苏丽云在学校附近幽会了。这幽会十分别致，中天悬明镜，夜深千帐灯，白色的雪地上，他们肩并肩地走。

苏丽云说："你可真傻，我说那么一句，你就真来了？"

豹子哥说："其实你说完那句话以后，我一直等在这里没走。"

苏丽云说："那你不冻僵了？"

豹子哥说："不怕啊，这样你一来，看见个高高大大的雪人，那就是我了。"他说完这话，两个人一起笑起来。豹子哥真想告诉苏丽云自己是做什么的，可苏丽云偏偏不问。她净爱问些没用的问题，比如，你今天为什么看着我？还有，你跟多少个女孩子约会过？

豹子哥看着她是因为她好看，豹子哥之前还没有跟女孩子约会过。他把这话照实说出来，苏丽云就高兴了。其实她也没有特别明显的表现，但豹子哥能够感觉出来，她的眼神，她的步伐，她的马尾辫，她浑身上下的每一处都散发着甜美又喜悦的气息。这气息传到他身上，让他也不由得高兴了起来。此后一连许多天，他都在晚上去跟苏丽云幽会。他脸上笑容多了，虎虎生风的步伐也慢了下来，说话时总是带着笑意。兄弟们有所察觉，都来问他。他一句也不肯说，他的感觉说不上来，只想独自珍藏。

很快两个月过去了。他开始会送她走到快到家的路口。她不想让别人看见了说闲话，他就远远地注视她走回去。有一两次，她走得老远了，回过头，还看见他傻呆呆地站在原地。她就忍不住有些心酸。再有一次，他们走着走着，她猛然间把冻得冰冷的手一下子伸进他的脖颈里，冰得他大叫了一声，伸手就要去抓她。她一边躲着跑，一边嬉笑，开心得不得了。后来他把她逮住了，她吓得尖叫着告饶。可他却没有反击，反倒把她的手抓住，塞进了自己皮夹克的口袋里。他的口袋里可真是温暖，她忍不住一头扎进他怀里，吓得他一动也不敢动。那时候他感觉心口有一团湿润的雾气,这雾气要把他淹没了。不可改变地,他知道他爱上苏丽云了。

苏丽云很快就要高中毕业。她小他八岁,他恨不得时时刻刻照顾着她,给她买最时髦的狐狸围脖,给她买最流行的情歌磁带。春天来了,雪化了,他就骑着摩托,载她去看电影。那天他略微大胆了些,把车子一直骑到她家院子里。听见声响,她就连忙跑出来了。晚风吹起她的披肩长发,让她像一朵绯红色的云。她轻盈地跃上车来,双手大大方方地环住他的腰,他一扬头,发动了车子,引擎声大如雷鸣,可别提有多神气。邻居们都看着他们这一对,让他们又是兴奋,又是害怕。

夏天来的时候苏丽云离开了学校,开始在电影制片厂上班。她是那里的普通职员,可打扮起来却比演员还要漂亮。豹子哥开始带她跟兄弟们一起吃饭。她胆子大,也聪明,从来不问豹子哥他们是做什么的,嬉笑怒骂跟谁都说得来,大家伙都喜欢她。本来豹子哥以为她能接受自己的全部了,不料知道他要去打群架那次,苏丽云还是翻了脸。

当时他们正在路边摊吃饭,豹子哥看了一眼传呼机,就站起身来急着要走。苏丽云跳起来拦住他,理直气壮地问:"你干什么去?"

豹子哥耐心地说:"我朋友那边有点事,我要先走。"

往常苏丽云都会答应，可今天不同了。女人的直觉总是那么灵敏。苏丽云皱起眉头，说："不成，今天你要陪我。"

"我是真的有急事，别闹。"豹子哥推开她，就要往前走。

苏丽云从来不是会善罢甘休的乖女孩，她一个箭步冲上来，整个人挡在豹子哥眼前，气势汹汹地说："你今天不许去打架！你要是去打架，咱们俩就完了！我说真的！"

她把话说得很狠，可是语气却好像小孩子撒娇。豹子哥才没有工夫跟她浪费时间，兄弟们都在等他，怎么能让一个女人耽误了事情？他干脆地再次一把推开了她，大步流星地向前走去。没走几步，砰一声脆响，豹子哥回过头来，只见苏丽云站在路边摊的小桌旁，手上举着个摔破了的啤酒瓶。碎玻璃割破了她的手，血水像小溪流一样地淌下来。她脸上视死如归的神情让她一瞬间苍老了好几岁。豹子哥气愤地冲回来："你威胁我！"

豹子哥平生最恨别人威胁他，他从来不会受屈于这些威胁。最后他还是去打了群架，苏丽云也被及时送到了医院。弟兄们在打架后都涌来医院探望苏丽云，一口一个嫂子地叫。豹子哥就沉着脸坐在一边。他们两个之间当然没有完，他们两个之间完不了。

经过这一次血的教训，苏丽云开始明白她无法控制这个男人，并且也无法改变他。她当然可以远离这个混混的头子，可是她不想，所以她试着去适应这些。她跟他们一起喝酒，一起打台球，一起说说笑笑。在豹子哥面前，她总是表现得格外厉害一些，说话的声音更高，像是要管住他。其实她老是怕他看向别人去。那时候她喜欢一首歌，叫《滚滚红尘》，是陈淑桦跟罗大佑唱的。他们去卡拉OK的时候她特意点来唱给他听。起初不经意的你，和少年不经事的我。她唱着唱着，看着他，他略微有点不好意思，不过表情还是很庄重。在兄弟们面前，他很有大哥的风范，大哥绝不能随便感动。她心里又好气又好笑。

02 世间终有长相厮守（下）

　　他们恋爱的事被苏丽云的父母知道了。其实他们早就知道，只是一直不想正视这个问题，以为苏丽云早晚会离开那个小流氓。可是她不仅没有，还郑重其事地在全家人面前宣布了这件事。家长们当然是一百二十分地反对。他们立刻决定，去苏丽云的单位请假，将苏丽云关在家，尽一切力量阻止他们见面。

　　苏丽云并不急，她知道豹子哥很快会赶来救她的。她在被剥夺一切自由权利前，用家里的电话给豹子哥的传呼机留言了，已经说明了情况。豹子哥一定会跟她在一起，豹子哥一定会来把她带走。她这样想着，干脆舒舒服服地在房间里休息起来。然而一天过去了，两天过去了，一点音讯都没有。苏丽云开始慌神了。

　　其实豹子哥不是不想来救苏丽云，是因为他遇到了点麻烦。因为身边的弟兄越聚越多，头顶上的大哥怀疑他要自立门户，就纠集了些狠角色，把毫无防备的豹子哥一派狠打了一顿。兄弟们受伤严重，豹子哥自己也瘫倒在床上两天没起来。等他强撑着来找苏丽云，已经是苏丽云被关在家里的第四天了。她急不可耐，扒在窗子上正张望，一看见豹子哥的身影，立马就来了精神。她用尽力量，推开了窗子，自己猫着腰钻出去。她要跳窗逃走，她要跟豹子哥远走高飞。

那天下着雨，天色灰蒙蒙的。苏丽云穿着件石榴红色的娇衫，头发高高地束起来，还戴了个宽宽的发卡。她必须漂漂亮亮，私奔也要漂漂亮亮。这里是三楼，并不高。"我跳下去，你能接住我吗？"她还是那么盛气凌人地冲着豹子哥喊。

如果是以往，豹子哥一定会笑着说，只要你敢跳，我就接得住。可那天，豹子哥浑身是伤，他疲倦得说不出话来。他怀疑自己根本就没有办法照顾苏丽云，自己的存在只是在拖累她。他就这样想着，却没有注意到，苏丽云已经从楼上跳了下来。

她那么勇猛地跳了下来，像是用尽了身上的全部力气。他发疯似的朝前冲，其实他离得并不远，可他并没能接住她，甚至没能让她跌在自己的身上。她重重地摔在了水淋淋的地面上，发出一阵沉痛的闷响。他赶快扑过去，想要扶她起来。还好还好，她还清醒着，她哭起来了，她的腿摔断了，她动不了。

家长们听见了响动，都冲了出来，七手八脚地要把苏丽云抬到医院里去。可她偏死命挣扎着拉着豹子哥的胳膊。她想让他带她走，他完全能做到的。只要他不由分说抱起她就跑，他们就能脱身了。可是他不动手，他就那样傻傻地注视着她，紧握着她的手。

"你放了我们家闺女吧，我求你了！"苏丽云的爸爸说着。于是家里人瞬间都把矛头对准了豹子哥。他们分为两边，一边拉着苏丽云，一边拉着豹子哥，死命想要把他们两个分开。他们的手起先握得很紧，可是忽然，豹子哥松手了。

他猛地一松手，让苏丽云瞬间被拉到了离他好远的地方去。巨大的雨幕里，苏丽云哭着大声骂他："林冲，你为什么放手！林冲，你这个婊子养的，你骗我！你不要我！林冲，你不得好死！"

巨大的雨幕里，豹子哥呆站在原地，任凭苏家对他的打骂。他在想着，这个女人真可爱啊，她明明知道他的真名，可还是不用真名骂他，是怕报应真应到他头上。后来不知道是谁，举起一个空酒瓶，泄愤似的狠狠砸在了他脑袋上。啪嚓一声，玻璃碎片飞溅，有鲜血流下来。豹子哥终于发出了一声怒吼，这一声怒吼提醒众人，他还是那个不好惹的豹子，即便困兽之斗，也还是荣光永存。谁也不想招惹他，所以大家都退开了。豹子哥一手捂住头上的血窟窿，独自在雨中茫然而艰难地向前走去。也不知道去哪里，他只想立刻离开这个地方，永远不再回来。

豹子哥不仅仅是离开了苏丽云家的那个地方，他是离开了那个城市。后来的八年里，他走南闯北，各处做生意，招兵买马，很快成了名副其实的大哥。这八年里，他没有回来过，但是有写过信。不是给苏丽云写，是给自己留在原地的兄弟们写，都是打听苏丽云的情况。他离开前三年，苏丽云都没有放弃过寻找他，一直四处打听。他离开第五年，苏丽云渐渐开始死心。那时候大哥大流行了起来，听说苏丽云也有了一个，是她的新男朋友买给她的。这个男朋友是家人介绍的，工作很好，家庭殷实。他离开第六年，苏丽云结婚了。听说结婚那天风光得很，苏丽云的头发烫了波浪大卷，穿一件水粉色的婚纱裙子，美得像天仙似的。这些豹子哥都可以想象。他后来没有过正式的女朋友，他有点固执地想，他这辈子的女朋友、妻子都只有苏丽云一个人。可能他太傻了。

可是八年后，大哥回来了。他有笔生意要谈，不得不回来。他回来的那天风尘仆仆，兄弟们聚集起来给他接风。大家都苍老了，大家也都成熟了。他跟大家没说上几句话就急着要去谈生意，地点定在一家餐厅。他独自去，应要求没有带任何人。只是刚落座，他就感到不对，一阵说不出的气息包围了他。他抬眼看去，隔壁桌坐着个孕妇。

那个孕妇就是苏丽云了。她剪了一头利落的短发，端坐在那里，侧脸还是很美。如今是夏天，她穿着件明黄色的孕妇裙，恰似他们第一次相见时她身上的那颜色。她感觉到了他的注视，于是就回过头来。四目相交的一刻，他察觉到她的眼神微微闪烁了一下，不过还是很快归于平静。她平静又有些好笑地注视着他，吐出了那一句他熟悉的话："你看什么？"

　　豹子哥如今是大哥了。大哥的心很乱，他不知道该说什么，面对已经有了幸福家庭的苏丽云。而苏丽云说完那一句，就转过脸，不准备理他了。这让他瞬间心如刀割，生意也谈得心不在焉。谈着谈着，忽然双方都沉默了。大哥开始感到困惑，为何这桩生意的场面如此尴尬。他正在思考前因后果时，头上已经挨了重重的一下。原来，他走南闯北，壮大自己的势力，自然也就得罪了些人。今天这桩生意是假，请君入瓮要教训他一顿才是真。他毫无防备，整个人扑倒在地上，随即有更多的人涌上来。他们嘴上骂骂咧咧，毫不吝惜自己的力气，对着他就是一通恶狠狠的拳打脚踢。

　　大哥感到头昏眼花，他开始吐血，浑身无力，胸腔几乎碎裂。他感到完了，自己很快就要死去，而且是这样狼狈地死在苏丽云面前。苏丽云……苏丽云呢？她是不是还在旁边，她会不会有危险……正当他这样模模糊糊地想着，他忽然听到了那个熟悉的、盛气凌人的声音。苏丽云手上高举着不知道从哪里捡来的砖头，狠狠朝着打他的人头上砸去，她的目光坚定而理直气壮，她嘴上气势汹汹地说着："混蛋，让你们打他！"

她疯了。她彻底疯了。她一个孕妇，挺着个大肚子，操着砖头来打一群男人。起先她只是被推开，可随着人们见识到了她的蛮横，她就被恶狠狠地推搡了。可她不停手，她不依不饶，她的砖头被扔掉了，她就尖叫着去抓花那些人的脸，狠咬他们的胳膊，用脚去踢他们。她尖声哭喊着，嘴里一直重复着，"我让你们打他！我让你们打他！"

大哥发怒了，他想要站起身来保护那个女人，可是他不能。他只能像只可怜的老狗，苟延残喘地躺在那里。忽而一声尖叫，他看见苏丽云被人高高地抛起来，继而整个人向他这边跌落过来。他想要接住她——他已经有一次未能接住她了，可是他的手却无法动弹。她的身体接触到他的身体时，他忽然感到踏实了，他想他们不如一起死了吧。倒也好。他们到了阴曹地府可以做一对。

他们并没有死，惨痛的生活还要继续。原来苏丽云嫁的男人，就是那家餐厅的老板。她听说了那些人要算计大哥的事，求人帮忙无果，就选择自己等在那里，无异于螳臂当车。大哥身体底子好，恢复很快，只是脸上留了一道刀疤。苏丽云就没那么幸运了。她流产了，丈夫立刻与他离婚。她的头部受到剧烈撞击，在医院一住就是大半年。

等她醒来后，一言不发，她的脑子有病了。

　　大哥知道是自己害了苏丽云，就成天陪着她。为了哄她说话，他想尽了办法。可苏丽云就整天端端正正地坐着，什么也不说，什么也不做，她的眼神是空洞洞的，看起来让人害怕。她会吃饭，会喝水，会睡觉，她只是不跟任何人交流，像是变成了一个空心人。大哥带苏丽云故地重游，还是晚上，还是漫天大雪，他们在学校外边一圈圈地走。大哥带她去打台球，带她去看电影。城市里不让骑摩托车了，他就拿照片给她看。他还带她去卡拉OK，给她点《滚滚红尘》。于是不愿走的你，要告别已不见的我。她不唱，不张嘴，任由音乐那么孤独地流淌着。大哥只好自己唱歌给她听，给她唱她喜欢过的歌手潘越云的歌，《我是不是你最疼爱的人》。大哥自己唱到"我是不是你最疼爱的人，你为什么不说话"，忍不住声泪俱下，望着苏丽云面无表情的脸，他一只手捂住脸，失声痛哭起来。

　　大哥提出跟苏丽云结婚。苏家仍然不同意，虽然说丽云痴呆了，可也不能让你这么个扫把星成天陪着她。大哥就问苏丽云："跟我结婚，你愿意不愿意？"苏丽云看了大哥一眼，那一眼让大哥的心跳骤然加速。他又问了一次，他说："丽云，跟我结婚吧，嫁给我，你愿意不愿意？"苏丽云不知道为什么，忽然咧开嘴笑了。她笑的那一刻，很多人忍不住哭了起来。就这样，苏家不能再假装不在意，大哥迎娶了苏丽云。婚礼办得很简朴，大哥比谁都高兴，他觉得一辈子圆满了，愿望实现了。有兄弟暗地里说，娶了个傻老婆，以后有的罪受了。

这句话果然应验了，苏丽云的病总也不见好转。大哥放弃了自己的生意，开了家小店铺，一天二十四小时陪在苏丽云身边。她还是不说话，也没有表情。可大哥还想给她最好的，带她做最时髦的发型，给她买最漂亮的衣服。售货员说："这位大姐可能不适合这么艳丽的颜色。"大哥就生气了："你凭啥叫她大姐，她虽说快四十岁了，可是比你们个个都年轻好看。"售货员们都偷偷地笑。大哥听见了也不理，拉着苏丽云就走。他们两个人，过年过节家里都冷清。后来大哥就叫过去的弟兄跟朋友，带着老婆孩子一起来过年。苏丽云收拾得干干净净的，端坐在桌前，看着一大屋子的人其乐融融，有时她也跟着笑笑。她无意义的笑却是大哥生活里的最大慰藉。

就这样过了两三年，直到出了一件事。一个朋友的小儿子刚刚两岁，大哥抱着他玩闹，那小孩子就伸手啪啪地打了大哥两下。旁人都笑起来，说这小家伙胆子不小啊，敢打大哥。他们这样笑着，却没防备一旁的苏丽云。她忽然站起身，灵敏地向前一蹿，伸手就照着那孩子的脸狠打了两巴掌。这清脆的两巴掌让所有人都愣住了。孩子顿时放声大哭起来。还是大哥反应快，他赶忙把孩子塞到朋友怀里，回过身来拦住苏丽云。苏丽云已经抄起了一个酒瓶，气势汹汹地砸了过来。大哥急忙挡住，那酒瓶就狠砸在了大哥的肩膀上。大哥疼得一咧嘴，苏丽云就更急了，她气得浑身发抖，几个人都按她不住，她一面乱踢乱打，一面在嘴里骂骂咧咧地喊着："混蛋，让你们打他！"

就这样，苏丽云的病猛然间严重了。这一个触发点，让她的情况急转直下。她不再平和地、面无表情地生活，取而代之的是时不时地发疯。她开始打人，咬人，嘴里不停重复着那一句，看到谁都要冲上去威胁，恶狠狠地说："我让你们打他！"大哥不断地对她说，没有人打我，你放心吧，没有人打我了。可她完全听不到了，她是听不懂了。大哥说着说着就搂住她掉下眼泪来。

辗转了几所医院都没有办法。医生说苏丽云的情况太过严重，家属无法控制，要送到精神病院去。大哥坚决不同意。他决心亲自看护苏丽云，决不让她去那种地方受苦。就这样艰难地挺过了一年。朋友们去家里探望的时候，眼见到苏丽云发着疯，几乎咬烂了大哥左手臂上的肉。他们不能再眼见着大哥这样受苦下去，于是七手八脚地把苏丽云抬到了精神病院。大哥紧拉着她的手，但她的手却松开了。她闭着眼睛胡言乱语，她用那种方式向大哥宣布，曾经的苏丽云已经死了。现在的她，不过是一个受苦受难的躯壳。

一晃又是许多年，大哥早已经不再是大哥了。

他经营着自己的小店铺，每天早上去一趟医院，晚上去一趟医院，给苏丽云送饭，照顾苏丽云。他很苍老了，一米八几的个头逐渐佝偻下去，走路也越来越慢了。英雄迟暮似的，他现在待人很和气，总是笑呵呵的，到处跟人道谢。他去医院，店铺托邻居照看，他一个劲儿地说"谢谢啦"。他看见医院的护士，知道是照顾苏丽云的，老远就打招呼，赶着说"麻烦了，受累了"。朋友们还叫他大哥，他自己笑一笑，推辞了。

苏丽云却像是永远也不会老了，时间没在她的脸上留下印迹。她乌黑的长发披在肩上，穿着白蓝条纹的病号服，面白如玉，端坐在病房里。定时打针后，她很少发狂了，只是情绪不大稳定。一看见大哥，她就咧开嘴嘻嘻地笑。大哥一走开，她就掩住脸呜呜地哭，哭得好伤心。她那么一哭，很多本来不伤心的人都跟着哭起来了。

我很想去看看苏丽云是什么样子。我妈妈说她漂亮得很，真是比电影明星都漂亮，什么林青霞、胡慧中，统统跟她没法比。我很想听一听苏丽云唱歌。我爸爸说苏丽云唱歌唱得好，可惜发疯的时候把喉咙喊哑了。真可惜。

如果我能去看苏丽云，我或许会把《滚滚红尘》这首歌放给她听。现在智能手机都能播放音乐了，她恐怕还不知道。前些天我爸爸用手机放那首歌，给大哥听到了，他怔怔地坐了很久。他一定在静静地琢磨那歌词。

> 想是人世间的错，或前世流转的因果
> 终生的所有，也不惜换取刹那阴阳的交流

来易来，去难去，数十载的人世游

分易分，聚难聚，爱与恨的千古愁

于是不愿走的你，要告别已不见的我

至今世间仍有隐约的耳语，跟随我俩的传说

是啊。滚滚红尘里还有这样的故事，在讲述他俩的爱情传说。

我就是其中之一。世间终有长相厮守，但愿我们都能遇到，遇到的也更加平顺美好。

03　若你遇到他

　　小柔是个非常专一的宝宝。"宝宝"是她的自称，因此时常被我们吐槽。她的专一在于，她一直都喜欢同一类型的男人，这些男人从外形到穿衣风格，再到星座跟工作都极其相似。这直接导致，当我们认识一个年龄合适的单身年轻男子时，能够迅速地判断要不要"别有用心"地介绍给小柔。有时候我们会讳莫如深地彼此交换一个眼神——"嗯，这基本就是小柔的菜了。"

　　小柔喜欢的男孩子，第一个特点就是瘦高，非常瘦高。有朋友开玩笑，远方要是有个移动的"衣裳架子"，那小柔都要奔上去看一看。第二个特点就是皮肤白。见过小柔之前男友的我们时常感叹，为什么那种肤色不能移植到我们身上来，简直可悲可叹。第三个特点，五官清淡，基本不怎么深邃，戴个黑框眼镜是常态。着装风格必然是以一身黑色为主，显得越发瘦高。曾经有个男生追求小柔未果，心里不甘，向我们打听如何投其所好。我们仔细观察了一下此人，他属于强壮型，剑眉星目，眼窝深陷。在别人看来，应该算很是英俊了，但断然不会吸引小柔。我们把小柔喜欢的类型耐心描述给他，他那悲愤的神情至今还历历在目。但长相这回事，绝非自己所能左右。而小柔坚持，对方的长相如果不是自己喜欢的类型，那么就绝对不会予以考虑。能够坚持自己的原则至此，我们也是被这个专一的宝宝吓死了。

我一直好奇，小柔究竟是如何定下了"白瘦高、一身黑"这一基准线的。按照循本溯源的方法，很显然她的初恋男友就显得非常重要。一般情况下，我们都会以为是初恋的心结一直没有打开，才导致她后来的男朋友都跟第一个人是一个模子刻出来的。因为一直无法忘记一个人，所以就选择跟他相像的人在一起。这实在很浪漫，但也实在有点烦人。毕竟没人愿意在一段感情里作为别人的复制品或影子存在。

我小心翼翼地问过小柔这个问题，她大方地把初恋男友的照片拿给我看，果然符合她一贯的标准。不过她解释说，自己之所以喜欢这类型的男生，并不是因为他，而是因为另一个人。这个人跟小柔并没有什么前缘，不过是读中学时时常在公交车上遇到，似乎是附近其他学校的同年级生。他高瘦，戴黑框眼镜，校服外套里时常穿着一件黑衬衫。晨光射入公交车的窗口，映在那个男生的脸上，好像镀了一层金。也说不上是为什么，大概是他脸上的神情打动了小柔，让小柔对他产生了一种莫名的好感。此后每次在公车上碰见，小柔总是偷偷地观察他。有时候他能察觉到那种目光，就四处张望，可神情还是很温和。

小柔没有勇气主动跟一个陌生男孩子开口说话，于是每天都算准了同一时间，赶那同一班公交车。有时候车来得迟了，小柔就不免心焦，一阵阵暗自叹气。但匆匆上了车，发现那个男生竟然也在车上，她心中就会瞬间升腾起无限深情，感到刚刚的焦灼等待都是值得的。这种默默仰慕的心情让小柔时而高兴，时而失落，反正普天之下的单相思永远都是这么折磨人。但小柔心甘情愿，他对于小柔来说，就是最熟悉的陌生人了。

其实可以有很多方法去接近他，打听他的相关信息，起码先在社交网络上成为好友。但小柔始终按兵不动。她觉得自己这样挺可笑的，又挺可爱的，犯不上去打扰人家。如果莽莽撞撞前去搭讪求交往，一定会把对方吓到。与其不能留下个好印象，还不如让一切都不要发生。于是小柔就做好了这段暗恋无疾而终的心理预期，每天都期待着见到他，每天又都做好准备与他分离。这其中千回百转的心路历程恐怕少女们都能领会。终于，在他们相聚公交车的第十个月，那个男生不见了。他不再出现在清晨的公交车上。小柔试着起早了半小时，又冒着迟到的风险多等了半小时，但都没有看到他的身影。那么多的人影从身边掠过，却不能看见自己最想见的那一个。小柔终于对"人海茫茫"这个词有了颇为深刻的体会。

后来她放弃了，不再让自己犯傻。可那段时间里美妙的好感却始终留在小柔心里。大学一年级新生报到的那一天，一个瘦高而白净的学长来车站接小柔，后来很快就对小柔展开爱情攻势。他很像那个公交车上的男生，小柔对他就有些好感，于是接受了，这是小柔的初恋。一年后两人和平分手。大四毕业的时候小柔又交了个男朋友，是实习公司里的同事，相貌趋同，谈了不到三个月就无疾而终。此后还有过一些短暂的、试探性的交往，对象往往都是白瘦高、一身黑的类型，可惜都不长久。

我原本是持批判态度看待小柔的感情经历的。她好像总在找之前那个男孩的影子，因为他曾经令她心动，她就按图索骥，未免太过"经验主义"了。但小柔为自己辩解，她说自己绝对没有把前男友们当作公车男的复制品，她尊重每个人的感情，也全心全意地对待他们。她认为公车男的形象如此深入她心，只能证明那个类型的异性很吸引她，每个人都会有自己的偏好，这很自然，没什么问题。不过她不得不承认的是没能认识一下公车男，成了她心里极大的遗憾。我安慰她说，有些美好的回忆说不定更好，万一对方一开口，发现其猥琐不堪怎么办？小柔哈哈大笑，她说："不会的不会的，我喜欢的男生怎么可能会猥琐呢？"

　　我的男性朋友王大趴告诉我，男生们大都有些猥琐，或者说，在女生的角度看来，都算是猥琐的。他对我说这些的意思不是要反驳小柔，而是对公交车相遇的这个爱情桥段非常好奇，想要亲身实践一下。他的中学同学中有几个人过去经常乘坐小柔所说的那班公交，于是他去打听了一番，凭借"白瘦高""一身黑"的粗暴描述，居然没费多大力气就锁定了当年的当事人，这世界真是小！得知准确消息的那天，王大趴连滚带爬跑来找我，激动得有点语无伦次。他说原来那位当事人就是他一个中学同学的好朋友，从小就酷爱穿黑衬衫，有很多件一模一样的黑衬衫，所以大家都开玩笑叫他"黑哥"。黑哥在本地读大学，毕业后做了程序员，因为人比较老实内向，一直单身。

　　我们迫不及待地把这个消息通报给了小柔。她的春天果然就要来了！当年一直心心念念的主人公，如今近在咫尺。王大趴经过一番打听，拍着胸脯保证，说黑哥人好得很，绝对不像普通男人那样"猥琐"，情操十分高尚。他们想办法约了黑哥出来吃饭，就说到时候会有几个新朋友过来一起玩。而这几个新朋友之中，当然就有小柔。我们怂恿小柔赶快去跟黑哥相会，给当年的感情画上一个圆满的句点。甭管成还是不成，能见一面，当个朋友也很不错。小柔被我们怂恿得哭笑不得，说我们个个一副供货商逼她赶快下单的嘴脸。不过她还是答应了，临行前买了新衣服，做了新发型，说起码要对得起自己的少女时代。

然而事到临头的时候，小柔胆怯了。她站在饭店门口，怎么都不肯进去。王大趴他们纷纷感叹，当时就好像拉着一头倔驴，怎么也扯不动，又怕被黑哥发现了闹得两头尴尬，只好他们先进去，让小柔自己看着办。小柔在外面徘徊了几分钟，还是没忍住好奇心走了进去。可是她不打算走到饭桌前，她就想装作不认识他们的样子，在旁边走上一遭，看看那位黑哥，过过眼瘾也就行了。如果真的去认识，万一对方的个性跟她并不相投怎么办？万一对方对她全无好感怎么办？

带着这么多顾虑，小柔心事重重地走了进去。她装作不经意的样子走向了黑哥他们那一桌。仅仅是扫了一眼，她就能够确定，自己看见了黑哥。就是他！还是穿着黑衬衫，戴黑框眼镜，脸上的表情很温和，正露出牙齿笑着。算起来有六年了，他怎么就一丁点都没变呢？没变老，也没变难看，他还是那么年轻，看起来在一群人之中能够鲜然出挑。小柔是学理科的姑娘，平时很少说出什么诗情画意的话来，可她形容当时自己的感受时，整个人好像一下子变成了诗人。因为我问她第一反应是什么，她捂着胸口说："那时候我突然意识到，原来这几年来，我一直很想他。"

真是散发着一股恋爱的酸臭味。我们纷纷在内心吐槽。可事情的后续发展容不得我们吐槽下去了。因为黑哥也看见了小柔，他注视着她，然后转过头去，有点不好意思地笑着对王大趴他们说："这个女孩是你们的朋友吗？"

王大趴赶紧装耳朵不好使，说："啥？"

黑哥笑着抓了抓头，说："我好像认识她，读高中那会儿，我们总坐同一趟公交车。"

这一句话好像在小柔耳边爆炸了。王大趴他们的眼睛都直了，感觉就好像小说里才会有的情节硬生生在眼前上演——男主与女主互有好感，但世事无常，两人擦身而过，多年以后仍旧彼此记挂，终于得以相见。这一刻应该是欢笑与泪水齐飞的，打上好几层的高光和滤镜，直接可以搬上大银幕。但现实里这一切都显得苍白和仓皇一些。小柔很不好意思地被王大趴他们争相介绍着，把她拉过来，让她坐在黑哥身边。黑哥更加不好意思地不停抓头发，连看也没敢再多看小柔一眼。一顿饭吃完，两个人的交谈都不超过十句。只在散席的时候，小柔忍不住问黑哥："你怎么一下子就能认出来我呢？"黑哥笑着说："你啊，你跟当年相比，一点都没变。"

人都是会变的，相貌会老去，气质会成熟，心态会变化。他们离奇地都认为对方没变，只有一种可能，那就是他们心中的对方并没有始终停留在最初的那班公交车上，而是随着时空一起成长了，从未停滞过。这就说明他们一直在想着彼此。两情相悦是每个人在感情里的最高理想，小柔找了这么多年，终于找到了那位"始作俑者"，而对方也终于找到了她。他们很快恋爱了，并不存在谁对谁盛大的表白，小柔也没向黑哥掏心掏肺地诉衷肠。总之就好像水到渠成，他们自然而然地走到一起，再次在朋友们面前出现时，已经是相当和谐的一对了。

黑哥并不知道小柔的前男友们都跟自己颇为类似，小柔没告诉过他，他似乎也不在意这些。他也没告诉过小柔自己曾经的感情史，小柔也没问，不知道是不是他也有过看见跟小柔神似的女孩子就有些心动的感觉。如果这一点也如出一辙，那么这个爱情故事无疑会更加传奇。但即便是看到这一步，我们这些观众都已经感受到了应有的震撼。曾经我们都不大相信世界上的爱情故事，但是小柔用亲身经验颠覆了我的老观念。

众所周知，我一向不大相信"世界上总有那么一个人是属于你的"这种鬼话。如果真的有这种缘分，那为什么还有那么多孤独的人呢？所以小柔很好奇经过她的故事后，我感觉如何。我告诉她，不能说这一件事就点燃了我们手中希望的火把，只能说我开始相信这世界上也许真的有"情有独钟"这回事。也不说天注定吧，但大概总有个人对你来说是独一无二的。在遇到这个独一无二之前，恐怕要走上许多弯路，但那也没关系，人的一生很长，别将就着过，耐心等待吧。

若你遇到他，那个对你来说真正情有独钟的人，那时候你会感谢这种等待的。

就好像我曾经看到过一句可爱的情话：我有时候喜欢你，有时候也喜欢别人，在他们像你的时候。

世界这么大，总有那个人的。加油。

04 暗恋里的隐秘而伟大

如果有人问我，哪种爱情在我看来最为浪漫，那么我一定会回答"暗恋"。有人认为暗恋充满痛苦，可它却像个有趣的仪式。当你经历过一场认真的、盛大的暗恋，那么你就会飞快地长大。长大的过程必然是泪水与欢笑并重。可这不妨碍我们赞美暗恋的纯粹。

我的确有一个时间不短的暗恋对象。暗恋上他我才开始明白，原来我还是喜欢别人的时候比较快乐一些。若是能够恰好两情相悦，那么恐怕要乐得飞到天上去。可惜这样的时候太少，维持的时间又总是不长。可人不能总是一潭死水，谁也不喜欢，谁也不爱，那活不下去。你说朋友、家人也可以爱，那不一样。

老师说，爱，永远是踮起脚尖那个动作。我天生不擅舞蹈，所以一踮起来就累得够呛。而对方在我眼中，永远耀眼华美。踮脚根本不够，恨不得爬上梯子，站在顶端看个清楚。旁人说搞了半天你看上个长腿欧巴，想想也好笑。他的腿确实很长，不过却讨厌别人叫他"欧巴"。所以我从来不拿身高说事，我谈的都是心跟心的距离。静静享受这种距离的时候，我承认我很浪漫。他是我的一场好梦，明天一切好说。

有朋友担忧我的不幸福，于是赶来劝说我，说爱情里的双方必然是平等的，你过于崇拜他，赋予他一整个神话，他高高在上，永远看不见你。这样好吗？

这话不无道理。只是爱恋的基础就是崇拜，如果他对我来说，不是那个最好的、最仰慕的，我为何要喜爱上他呢？所有爱情在萌芽阶段，平等这个词都拿不上台面。只有在双方进入了恋爱之中，开始进行恋爱中的交流了，地位问题才显得重要起来。而在我享受暗恋的时候，恕我没办法考虑那么多。请许我这样形容，暗恋是黎明前最硕大的花朵，盛开的时候最美，香味最浓，一副摇摇欲坠自我麻痹的德性。可惜见不得光，太阳一出来，脑袋立马耷拉下去了。这种光说白了就是单方面进入恋爱阶段的臆想，比如"平等"，比如"现实"。如果我们能静下心来认真仰慕一个人，这本来是件很纯粹的事情。不妨就把它当作内心的宝藏，是年华沉淀以后最美好的一段回忆。

有朋友鼓励我尽快表白，认为如果喜欢就一定要追到手。原谅我不敢苟同。都说偌大世界里有姹紫嫣红，可那都是一概而论。细看谁都是平凡的一棵草，喜欢谁，被谁喜欢，都不丢人。可你要是说出来了，诚心诚意地表达，就感觉像是要一个回应。有时候人家根本不想给你回应，少给人家添堵。我就远远看着，偶尔挥一挥手、笑一笑之类的，我这才是隐秘而伟大，有点龌龊得感人。把一切都说开了那多没劲啊。"啊，我喜欢你，你喜欢我吗？""啊，我不喜欢你，你离我远点。"这还玩儿个什么劲啊？

我只有二十啷当岁，在暗恋这门学科里还算是初学者。喜欢谁我就想，他太好了，他太逗了，他太有意思了。他理我呢，我就高兴了，我就对谁都温柔，对什么都笑嘻嘻，大风天里也穿裙子满街跑。他要是不理我呢，我就伤心了，我还是对谁都温柔，对什么都笑嘻嘻，但全是傻笑，躺倒在床上，用长头发盖住脸。哎哟，他怎么还不跟我说话啊？哎哟，他是不是觉得我不好玩儿了？哎哟，他是不是发现我这些不坦荡的心情了？

人家暗恋里的集大成者，个个都比我成熟。就拿我认识的一个师兄来说，他暗恋一位师姐三年的时间。毕业时候表白，带着破釜沉舟的心思，只是师姐婉拒，两人做回朋友。他总是说，走到一起未必就一定是好的，如果注重一些过程，暗暗倾心于人这一段心路经历倒是让他永生难忘。他在暗恋的对象身上，看到了自己想要成为的那个自己，为了这个目标而不断努力，爱情也就变成了甜蜜的动力。

　　起初我并不知道他是一个暗恋者，因为从表面上看他似乎永远风轻云淡，就算当着我们的面收到师姐发来的消息，也能笑容不乱、眼神不飘、声音坚定有力地说："等我一下，我回一个朋友信息。"我们问他是怎么做到的，他说其实慌乱都藏在心里，只是暗恋太容易让人成长，有时候不知不觉之中，你就变成了这一出独角戏里的影帝，谁也比不上你那些隐藏自己心意的方法。可是情感的悸动还在，那是一种苦乐自知的珍贵体验。

　　后来师兄明白不会跟师姐在一起了，他就放下了，能保持一个适当的距离，不打扰别人，也不折磨自己。他说他甘心了，甘心没有什么回应，甘心用这样的结果给自己的一段爱情经历收尾。虽然遗憾，但也有美好。师兄说他最高兴的就是没有伤害到任何人，也让他学会了去体谅别人的心情。他满怀期待自己的下一段恋情，那应该不会是暗恋了。他想，他在过去的暗恋之中学会了如何去爱别人，他可以对一段感情负责了。

　　师兄的故事固然美好，但仍旧不能打动所有人。还是有朋友认为暗恋是一个虚假的梦，没有实际意义，只会浪费感情，认为"暗恋里爱上的全是自己的幻想"。但我想，所有的暗恋者们大概都会回答，就算是自己的幻想，可那有什么关系？起码我的幻想很美。我也不怕我的幻想照进现实。都这么大的人了，能对自己的幻想负责。所有的情绪我都能自己收纳，不然人怎么长大？你看好些人都长得可大了，但感情上还是莽撞幼稚的。那些人都是没有暗恋过别人的。暗恋过的人都成熟，心老，他们过早认识到了自己的不完美，用一辈子学习怎么跟这种不完美和平共处下去。学习不明白的人最近都在考虑赴韩整容。

曾经我以为"赴韩整容"不过是个自我调侃的玩笑，没想到身边真的有姑娘不声不响地飞去韩国，回来之后容貌的确发生了一些变化。我并不认为整容有什么不好，每个人都有为自己做主的权利。恐怕没有人不希望自己变得更美，而整容不过是一种手段。只是这个姑娘整容"上瘾"，去了一次之后，很快又去了第二次、第三次。

起初只是对自己的眼睛不满意，可是眼睛调整好了，又觉得鼻子不行，接下来连原本引以为傲的脸型也开始无法接受了。不知道这样频繁的整容会不会对身体造成什么伤害，只是我想她大概越来越无法与自己的"不完美"相处了。人一旦意识到自己可以变得完美，难免会在这条路上固执地走下去，一条路跑到黑。所以学会跟自己的不完美相处，实在是一门学问。

在此要感谢我的暗恋对象，早早就让我在这一门课上毕业了。我发现他之所以对我有精准的认识与客观的评价，就在于他对我没什么好感，显然也不打算讨我的欢心，所以总能一针见血地说出问题本质。我曾经试图做出改变，又发现也许改变之后就不再是我，那将会变得多么可怕。无论我们多么喜欢一个人，我们都不能为了他而放弃成为自己。所以我不改变，我能认真地审视自我，接受自己在某些方面先天的不足或后天的选择，如果这是我真正想要的，或是我无法左右的，那么我就要跟这样的自己好好相处下去。每当有人说自己决心要改头换面、重新做人时，我都感到那是个不切实际的愿望。想做一个全新的自己，不如先从做好现在这个自己开始。

有同龄人问过我，在爱情里我渴望得到的是什么？对此我的回答是，爱情里我想要的就是感情。家庭太遥远了，尽管那是最终目的。现阶段的年轻的我们，除了情感交流，还能渴望得到些什么呢？在没能确定自己已经成熟到可以为一个家庭负责之前，我不会早早地走向婚姻。所以我也时常感到高兴，我还是非常自由的，我可以尽情地学习如何去爱。而暗恋，暗恋里隐秘的美好，是教会我如何去爱的一条路径。我并不准备逃避它，也感谢它带给我的美好。

有个朋友严肃地告诉我，要我在文章里说明一件事，那就是呼吁大家不要认为暗恋者都是失败者、破坏者或是备胎。真正美好的暗恋一定不是以破坏他人的感情为前提，也一定不是以丢弃自己的自尊为前提。那是一种认真严肃又充满美好希冀的感情，应该被尊重。也有朋友说得更直白一点：我们在这儿谈着爱情呢，你可以强加诗和远方，但能不能别那么现实？自己开心、别人开心就得了，哪儿那么多有没有结果、能不能终成眷属、可不可惜啊？

有时候很多事情最终都不能如人意，所以我们能做的大概也只是能爱的时候去爱，但求无愧于心吧。

我曾写过一篇文章，名字叫作《暗恋容易崴脚》，讲的是自己读中学时候的事情。有很多人读过了之后来跟我探讨，说他们认为这件事充分证明了"暗恋"没有任何意义。然而那次失败的暗恋给予我的动力是非同一般的。我想对于很多人来说也是，有时候拉你起来的并不是宽容与爱，相反，很可能是来源于内心深处的不自信与惶恐。所以正是那些不那么正面的东西催促着我们往前走，也锻造了我们，让我们变得更好了。所以我倒不觉得那些经历是无意义的。也有很多人来跟我讲述他们自己的暗恋故事。有人的故事甜蜜，有人的故事心酸，可我想这就是暗恋里的苦辣酸甜。你的体会是很珍贵的，正是这些体会成就了现在的你。

有朋友问我，为什么偏要写暗恋？我想说目的很简单，我希望给严肃的、善良的、纯洁的暗恋者们正名。他们并不傻，也并不怯懦，只是选择了这样的方式。我想，选择也是需要勇气的。

在这里代表暗恋者大军说一句话：你可以不加入我们，但请给我们点赞。谢谢。

05 恋爱是好事，不要不专心

最近我发现很多人做事喜欢一心二用，哪怕表面平静如水，可内心却能汹涌澎湃，千回百转之中已经上演了几百出闹剧。想太多的人总是不那么容易感到快乐，而不专心就是想太多的罪魁祸首。说到"想太多"方面的人生导师，我很愿意为大家讲讲一位师姐的故事。

师姐年长我三岁，毕业后回校参加活动，刚好是由我负责接待，由此相识。那会儿她爱情事业双丰收，一切顺风顺水，蒸蒸日上，很让人羡慕。有人说师姐的男友百里挑一，不仅长相英俊，对师姐还千依百顺，两人绝对是传说中的"模范夫妻"。

听了这话师姐赶忙否认，笑着说这还在恋爱阶段呢，怎么就扯到"夫妻"上去了？这差的可不仅仅是一张结婚证的距离，快别开玩笑了。

当时我们有些尴尬，都觉得私下里开开玩笑，对着情侣们一概称呼"夫妻"之类，没有恶意，更没觉得有什么不妥。师姐察觉出了气氛的凝固，就解释说，她自己是一个特别容易"想太多"的人，为了确保自己能够全心全意享受恋爱中的快乐，她不得不时刻避免可能会让她"想太多"的一些细节。比如我们说这种暗示他们可能会成为夫妻的话，她如果不制止，可能自己很快就把脑洞开到外太空去了。

那时候我很好奇，如果两个人在认认真真谈恋爱，其目的必然是结婚，一起共度人生。如果是设想跟男友结婚，这怎么算是开脑洞呢？这只能算是一种对未来的美好预期而已。但是我并没有问出口，师姐则一直笑着对我们说，不要想太多，不要想太多噢。

大概半年后，我跟师姐在另一场活动现场碰面了。她热情地奔向我，拉着我去吃饭。原来那天的活动是她策划的，进展十分顺利，师姐就更是喜笑颜开。我们吃吃聊聊，讲了不少有意思的事情。就在这会儿，我忍不住把当时的疑惑问出口，师姐这才把有关"想太多"的故事告诉给我。

师姐的初恋是刚读大学时的同班同学，男生情感丰富，很会在平凡的生活中营造浪漫情调，也一度让师姐感到甜蜜而幸福。但是很快一个不容忽视的问题出现了：两人脑洞都不小，各种猜忌与胡思乱想齐飞，导致争执不断，进入了彼此相互折磨的阶段。

举例来说，如果师姐跟朋友出去玩，并没有带上男生一起，男生就会生气。他的思路就是："你出去玩，但是却不跟我在一起，别人看到了一定会认为，要么是你不喜欢我了，要么就是我们的感情出现了裂痕，这会对双方的名誉造成很坏的影响。"这个思路显然也是十分醉人，师姐被惊住了。她立刻抛出了几个不容躲闪的问题：首先，为什么要管别人怎么看？其次，难道只有时时刻刻都跟你捆绑在一起才能算感情好？最后，什么时候感情还要上升到名誉问题了？

对此，男生表示，一定要管别人怎么看，毕竟人言可畏。而至于后面两个问题，他支吾了半天才勉强回答，说他是个好面子的人，总是忍不住去关注别人的眼光，还会揣测别人会怎么想。他认为跟师姐既然是在班级里恋爱，必然就存在名誉问题，如果两个人不表现得时刻都黏在一起，那么别人一定会生出一些不好的猜测，他可受不了这些。

师姐很想采用批判的思维，告诉他这些思路彻底犯了逻各斯中心主义错误。其实别人根本没那么关注自己，也不会在意他们的感情走向。至于上升到面子与名誉问题，就更是贻笑大方。对于男生这种"想太多"的缺点，师姐发现了，但是却不知道该采取什么做法，以为她自己也存在着同样的问题，何况问题还不小。

师姐的脑洞则是开在了未来。她很早就开始设想两个人感情的后续发展，把近几年的规划蓝图都画好了，包括两人毕业后如何一起找工作，如何一起租房子，如何一起奋斗，如何一起结婚生子。如果人类真的可以进入四维空间，我们将毫不怀疑师姐一定会是那个率先进行时间旅行的人。她迫不及待地想要尽快生活到以后，因此对以后的日子脑洞大开，做了诸多细节设想，难免要将每件事情都纳入这种设想之中。例如，如果男生没接到师姐的一个电话，师姐就会抑制不住地开始想万一这一幕发生在两人结婚多年以后怎么办？他现在就开始不接电话了，那么结婚之后是不是就更加不喜欢接电话？不接电话就是回避交流，那两个人的感情是不是就要走到尽头了？走到尽头之后，两个人是不是就要离婚？如果离婚了，那孩子怎么办？房子和财产怎么办？海量的问题向师姐一股脑地涌来，她感到十分恐慌，不免悲从中来。

　　男生问师姐是怎么回事，师姐就把自己的想法说出来。这种思路显然也是十分醉人，男生也吓坏了。他急忙说，你怎么连以后的事情都开始提前担忧了？以后的事谁说得准啊？我们俩能不能结婚都不一定呢……

　　好了，这话一说出来，正中师姐的怒点。两个人由此大吵起来。师姐觉得男生对自己肯定没有真心，不然怎么就不想到结婚呢？不想结婚就趁早分手！男生觉得师姐真是无理取闹，怎么能说分手就分手？他们两个本来是同学眼中的模范情侣，现在一下子分手了算怎么回事？别人会怎么看？这该多没面子啊！师姐就更加生气，感觉恋爱根本不是为了他们双方而谈的，反倒是为了别人的眼光而谈的。如果现在就因为顾及面子而拒绝分手，这么将就着过下去，那以后是不是也会为了别人的目光而不离婚？出了任何问题都不离婚？彼此这么折磨下去，折磨一辈子？太可怕了，太可怕！

于是他们就这样，一个人不断用旁人的目光做着多余的揣测，另一个就不断用未来的视角对现实提出越来越多的担忧。这种情况之下，感情自然很难继续下去，很快走到了尽头。

师姐跟男生决定分手，为了顾及男生的面子，他们表现得十分和缓，几乎在所有朋友面前表示，两人还是朋友，只是觉得性格不合适。分手似乎对两人的名誉也没造成什么影响，男生总算松了一口气。师姐则更是感到解脱了，感觉自己似乎成功避过了未来的一个大火坑，很值得好好庆祝一番。

这段原本很美好的恋情最终这样收尾，想起来颇有些搞笑的意味。师姐承认自己也有"想太多"的毛病，苦于不知道该如何改正。在此后的很长一段时间里，她没有恋爱，面对追求者们也始终持观望态度。有朋友担心师姐是不是因为一次恋爱失败就得了"恋爱恐惧症"，师姐说不是，她是对自己这个脑洞产生了恐惧，在没有找到克制的办法之前，还是别去招惹别人了。

就是抱着这样的态度，师姐现在的男友出现了。男友个性很成熟，对师姐产生好感之后也没有冲动地表白，而是采取慢慢渗透的方法，渐渐成为师姐可以信赖的朋友。师姐对着他，将自己的缺点和盘托出，说克制不了自己想太多的毛病，这样下去怎么才能好好恋爱啊？男友听了之后若有所思，但并没有多说什么。

其实那时候师姐对男友已经产生了好感，所以才把自己的缺点表现出来，心里想着如果对方听了之后就害怕了，躲得远远的，那也能让自己断了念想，不必老是想着这件事。但是男友并没有害怕，他约了师姐一起去打球，打的是篮球。师姐不会打，他就教师姐三步上篮。起初师姐怎么学也学不会，站在那里笑个不停，说自己太笨了，还是放弃，看他打就好了。

男友认真地说："你不是笨，你有两个问题，第一是你不敢尝试，只看着却不去做，不实践怎么出真知？第二是你瞻前顾后，想得太多，你怕自己做不好，怕自己做不对，怕我笑你，怕暴露自己的缺点，对不对？"

师姐听出来他话里有话，说："那你要我怎么办？"

男友说："我要你现在立刻动起来，跑起来，运球，记住每一个步骤，用力跳，摒弃一切杂念，享受这个过程。行吗？"

师姐犹豫着说："那我试试吧。"

接下来她就按照男友所说的去做了。起初她还是难免想这想那，但很快就集中了精力。当她全心全意投身其中的时候，她发现篮球原来很有意思。之前她从来没有玩过，现在也能享受其中的乐趣。尽管还是经常投不进球，但每次跑起来的时候男友都在一边大喊："快！快！用力跳！跳！"她就感到浑身都充满了力量。

那天他们一起从球场走出来，两人都满头大汗。师姐问："你为什么想要带我来打球？"男友笑着说："因为你说自己总是想太多，我认为这是注意力不够集中造成的，运动是集中注意力的最好方法，所以我就带你来了。"师姐心里有些失望，就点了点头。

此后他们时常一起出门运动，每次男友都像个尽职尽责的教练，他总是大声喊着："专心！看前面！跑起来！"有时候师姐感觉有点搞笑，可慢慢地，她真的会在这些指令中集中精神，投入其中。人究竟什么时候才会没有杂念？师姐也说不出来，只是她发现能够专心做一件事的感觉很好。

当她把这些心得体会说给男友听之后，男友露出了一个会心的笑容。然后他牵起师姐的手，对她表白了自己的心意。他对师姐说："之前你一直担心自己想太多的问题，我希望我们在一起以后，你可以像在运动场上那样，全心全意地享受恋爱的过程。不要想以前，有哪些不好的回忆。也不要过早想以后，提前做任何无谓的担忧。不要去在意别人的想法，不要去顾忌我个人的想法。你要在这段感情里专心做自己，专心体会两个人之间的感觉。至于未来的那些事情，就让我们一步步规划吧。"

师姐很感动，她感到一直以来自己所担心的问题都得到了解答。从此，男友不仅仅成为她运动场上的"教练"，也成了她恋爱之中的导师。他们恋爱至今，师姐没有再胡思乱想过。有任何问题，他们都能及时沟通，一起承担，这种感觉很好。所以每当再有人向师姐打听恋爱秘诀时，她总是要说上那一句：恋爱是好事，不要不专心。

专心恋爱，就是全情投入，体悟双方在爱情中的互动与感情，不要被庞杂的事情扰乱心绪，不要胡乱猜疑，不要杞人忧天。当然，专心也意味着不要轻易动摇。师姐说，确定了对方的心意之后，就别去试探；确定了自己的心意之后，就不要因为一件小事而动摇。因为恋爱是长久之计，这其中必然会有很多的纠葛与坎坷，只有全神贯注，才能稳稳当当地走下去。

听了师姐的这番讲述，我很感动。我总是习惯性地劝身边的朋友在恋情里"放聪明点"，要做长远打算，要想到以后。我却从来没有提醒他们要专心。每当他们有不好的揣测，我总是比他们更加义愤填膺，却忘了给出不要想太多的提醒。这也许是我的失误。曾经有朋友说，不知道是不是我看过太多不完美的爱情，我面对现实里的温情时，第一反应往往是其中有诈。

　　师姐很幸福，她告诉我，男友前几天刚刚郑重跟她求婚。双方的父母也见过面了，婚期就定在明年，她请我一定要去参加婚礼，也说要我把"专心恋爱"的秘诀散播出去。她说她希望所有人都一心一意做眼下的事情，不要因为胡思乱想而失去了这其中真正的乐趣。

　　说得真好啊。认真做才能体会其中的乐趣。我想不仅仅是恋爱，其他方面也是如此。

06 拥抱"小确幸"

"小确幸"是指"小小的确定的幸福"。不知道从什么时候开始，大家一阵风似的都说这个词。我有个同学大熊听不懂，每次总要反复追问："啥？小确定？为什么是小确定，我是很确定啊！"

大熊人如其名，高高大大，面色黑，有点凶。我们刚认识大熊的时候给大熊起外号叫"威猛先生"，大熊觉得很好听，说"有范儿"。可后来为了顺口，大家还是叫他大熊了。大熊外表粗壮，但是有一颗温柔的心。他特别喜爱小动物，说话声音也很温和，黑黑的脸上总是露出温柔的神情。我说大熊是心有猛虎，细嗅蔷薇。大熊笑着说蔷薇有刺，不敢细嗅啊。

有个人是大熊心中的蔷薇。姑娘身材娇小，皮肤白净，一笑就露出两颗小虎牙来，跟我们不同学院。大熊跟姑娘在社团里认识，当时姑娘正尝试独自搬起一张桌子，身影摇曳，显然很吃力。大熊连忙冲上去说了声"放着我来"，继而一手就把桌子抬了起来。姑娘忍不住小声惊呼："呀，你真厉害！"大熊说："那有什么。"只是搬完桌子后大熊站那儿半天不动弹，姑娘关切地问："你怎么啦？你脸色不好啊！"大熊说："没事没事没事，刚才动作太猛，腰好像闪到了。"

你看，大熊就是这样一个老实人。如果是别人想要在姑娘面前耍帅，大可以微微一笑，假装深沉。但是大熊不，大熊直白地阐述事实，同时温和地笑了。姑娘也笑了，笑着笑着就紧张起来，扶住他的胳膊问："你还好吧？能动吗？我陪你去医务室？"

从那时候开始大熊就跟姑娘结下了不解之缘。姑娘文文静静的，话不多，但是每句话都很有分量。社团里的成员们看大熊高大，每当有力气活儿，总是第一个想到他。大熊任劳任怨，总是说"放着我来"。这时候姑娘就会认真地讲，要大熊慢一点，要找其他男同学来搭把手。每当听到她这样说，大熊心里都喜滋滋的。

大学一年级，大熊就对姑娘产生了好感。可是他不敢贸然行动，生怕自己冒犯了人家。大学二年级，姑娘去广州的学校交流一学期，这期间大熊心里难免总是空落落的，时常守着手机，又不好意思主动去打扰姑娘。下学期姑娘回来了，大熊整个人立刻充满阳光。他去车站接姑娘，一手提起行李的时候，姑娘忙着说："你慢点，小心小心。"大熊心里一暖，暗暗下定决心要追求姑娘了。

我们班的同学有心帮大熊出主意。有人说要在宿舍楼下摆蜡烛，也有人说干脆联合社团的朋友们一起来搞个"快闪"。还是大熊稳妥，决定先弄清楚姑娘的心。他旁敲侧击地问姑娘觉得什么事最浪漫。姑娘说："想不出来，怪难的。"大熊说："怎么难呢？玫瑰花？大蛋糕？随便说一样出来。"姑娘说："不，玫瑰易谢，蛋糕太甜，没什么意思。"大熊摸摸脑袋说："那你觉得什么有意思？"姑娘没说话，抿着嘴笑了。

就这么着又拖了半年。大学三年级，姑娘退出了社团，大熊也退出了社团，不过两个人还是很要好的朋友。大熊力求在姑娘需要他时随叫随到。姑娘生病了，发高烧躺在宿舍，一整天没吃饭。大熊知道后跑到食堂去买了份红豆粥，端到宿舍楼下。他不能进去，只能碰运气，向进进出出的女生求助，问人家能不能帮忙，帮他把这份粥送到姑娘的宿舍去。当时天很冷，大熊内心焦灼，因此脸越发黑，目光也就不那么温和了。这样一副面孔很难受到帮助，显然大家都把大熊当成坏人。也有女同学跑到姑娘的宿舍去说了这件事，姑娘就自己下楼来。她裹着大衣，面色苍白，看起来很快就要被风吹倒了。不过她跑下来看到大熊之后，还是开心地笑了。

大熊把粥递过去，叫她赶快回去趁热喝了。姑娘连声道谢，又有些不好意思，转身走了。隔了几天，姑娘的感冒好了，她主动提出请大熊吃饭。饭后她送给了大熊一件礼物，一副手套。

大熊问："你为什么想起来要送我手套？"

姑娘说："那天你在楼下等我，我看你的手冻得发红了，所以就想送一副手套给你。"

大熊有点不好意思，又非常高兴。他不知道怎么表达，只好继续大大咧咧地说："噢，这是你自己织的吗？"

姑娘笑着说："不是，我要是自己织，别说手套了，抹布都织不出来一块。"

那副手套成了大熊的宝贝，我们都劝大熊赶快表白。姑娘跟大熊都不是本地人，很可能毕业之后就会各自回到家乡，所以如果想要一起创造未来，那就一定要抓紧机会。大熊认为我们说得有理。他决定在圣诞夜告白。

圣诞夜的气氛是很浪漫的，我们都感慨没想到大熊还有一些浪漫细胞。只是大熊在送礼物方面还是很伤脑筋，姑娘不要玫瑰花，不要蛋糕，平时也很朴素。我们又开始给他乱出主意，结果被大熊一一否定。在圣诞夜的约会来临之前，知道这件事的所有人都开始为大熊紧张，聊天的群里已经炸开了锅。大熊倒是很冷静，叫我们别瞎嚷嚷，有这工夫，还不如多去转几条锦鲤为他的爱情祈福。也不知道是不是我们转的锦鲤太多了，导致适得其反。那天傍晚忽然下起了雨，天一下子变得很凉。姑娘打电话给大熊说："天气这么坏，外面人又那么多，不如别出去玩了。"

大熊的心情仿佛一下子跌落到谷底。不过他还是不抛弃不放弃，他别出心裁地对姑娘说："要不要一起去图书馆自习啊？"

当时临近考试周，姑娘课业负担很重，所以大熊的这个提议还是切中要害的，姑娘欣然赴约了。圣诞夜的图书馆，自然要冷清许多。两个人在宽大的桌子两端相对而坐，埋头苦读。姑娘非常认真，至于大熊……按照他的说法，起初他内心还波涛汹涌，但很快就沉浸在大学物理的海洋之中了。特别是经历了两道题都没有做出来的境况后，大熊内心灰暗，已经对当时的表白不抱任何希望，觉得天公不作美。他不仅仅要对姑娘如初恋，他还要对眼前的物理如初恋了。

两人自习到晚上九点多。姑娘把书一合，说肚子饿了，提议去吃夜宵。大熊也饿了，就说好。两个人并肩从图书馆里走出来，外面雨已经停了，天空变成粉红色，空气中都是潮湿的味道。姑娘心情很好地说说笑笑，大熊的心情也渐渐平静下来了。他们一起走到路灯下，姑娘忽然指着路灯昏黄的光芒说："你看，好浪漫。"

大熊有点惊讶，说："啊？哪儿浪漫了？"

姑娘说："就这么着，两个人走到路灯下，周围啊安安静静的，我就觉得很浪漫了。这感觉，就像……"

大熊问："就像什么？"

姑娘回头看着他，露出了笑容。

大熊这时候明白了，他的智商全面上线，文艺细胞瞬间活跃。他就接着姑娘的话说："两个人走在路灯下，四周很安静，这感觉就像能一起走过好远好远，好像能长长久久。"

姑娘捂着嘴笑了，说："呀，好像一不小心，说出了非常浪漫的话呢！"

大熊鼓起勇气说："本来我想在市中心那棵最大的圣诞树下对你说一些事先写好的话，可现在想起来未免太过俗气了，不如现在这样好。你愿意每天都跟我一起吃夜宵吗？"

姑娘说："你啊，每天吃夜宵，我们都会发胖的！"

大熊惊恐地瞪大了眼睛。

姑娘又笑着说："可是这个提议不错，我先答应吧。"

之后大熊是不是一时冲动就抱起了姑娘转圈，这些细节我们不得而知。只是后来大熊带姑娘跟我们一起吃饭的时候，我们问姑娘，怎么在一个普通路灯下的表白，她就轻易被大熊给拐跑了？姑娘说："我觉得那样很幸福，因为非常真实，我就敢去相信。"

童话故事的结局往往是从此王子和公主过上了幸福快

乐的生活，现实里的情况就是大熊跟姑娘过上了幸福快乐的生活。大学四年级，姑娘准备考研，大熊开始找工作，两人都很忙碌，可是感情稳定，有空就一起吃夜宵。大熊给我们看，他跟姑娘一起制作了"梦想板"，把他们想要创造的未来生活一件件写下来。大熊写的都很物质，什么要找到一处交通方便又很宽敞的住房，要攒钱买一辆小汽车，要买四开门的大冰箱这一类的。姑娘写的都是家训，要保证在一起吃早饭跟晚饭，要一起养只宠物，周末要一起做大扫除，等等，广受我们好评。

那段奋斗的时间充满挣扎，可有了梦想板的大熊还是时刻鼓足了干劲儿。幸而很快就有好结果，姑娘考研成功，大熊也找到了份不错的工作。两个人都将在这座城市稳定下来，梦想板注定了还要继续。

大四毕业的暑假，姑娘找了份实习工作，还住在学校。大熊租了个单人间，开始上班。姑娘休息时会去大熊的单人间里给他收拾房间，还帮他洗衣服，有时也煮饭。大熊刚刚进入公司，要学的东西很多。忙碌了一天回到家后，看见做好的饭菜和晒好的衣服，他心里总是很甜。大熊笨拙地对姑娘说："你不要这样，这样太辛苦了。"姑娘说："我现在有空的时候可以照顾你，你就享受吧，等到以后我成了女强人，那时候这些家务都要你来做了。"大熊说："好，我支持，你做什么我都会支持的。"于是梦想板上就多了新内容。大熊写：要支持老婆成为女强

人，必须买一个性能很好的洗衣机！姑娘还是写家训：以
后如果成了女强人，那么熊先生要主动承担一部分家务。

后来我们去大熊的单人间里做客，的确处处都收拾得
井井有条，很有家的味道。大熊说这是暂时的，他希望能
够多赚钱，找到宽敞的房子，这样他就向姑娘求婚。可姑
娘却对我们说，有一个温馨的小家就很好了，毕竟最幸福
的是两个人一起努力奋斗的时光。

我们从大熊的小家里走出来，大熊跟姑娘一起送我们
去车站。路上看见一个老伯在卖花，茉莉花，清香得很。
姑娘站在那里看，大熊在一边问价钱。姑娘笑着说："算
啦算啦，还是不买了，我怕你不会侍弄，反倒把花给养死
了。"大熊说："可是你看起来很喜欢啊！"姑娘说：
"喜欢它就是希望它一直好好地活着，不管是不是在我身
边，跟着我们，它未必会活得更好。"大熊看了姑娘一
眼。姑娘忽然飞快地说："不像我，我确定自己跟你在一
起才会过得更好。"说完后就飞快地朝前走了。我们一起
发出惊呼，说："大熊，熊啊，你女朋友真是太浪漫了，
出其不意就对你说了一句这么感人的情话！"大熊好像一
下子回过神来，连着叫了姑娘几声。姑娘回过头，冲我们
挥手，大声说："你们快走啊，等一会儿车就要来啦！"

我们跳上车，大熊跟姑娘手挽着手站在车站目送我
们，夕阳把他们给染成了暖洋洋的橘色。有个同学开口
说："其实姑娘成绩那么好，完全可以去外地的大学读

研，留在本校，其实有点可惜了。大熊本来也可以舒舒服服回到老家去，这样也不用为了房子之类的事情担忧。"这话有一定道理，可我总觉得差了那么点意思。总之，我觉得大熊跟姑娘的生活现在看起来没有任何的遗憾，因为他们都在为靠近彼此，为创造"梦想板"上的生活而用心努力着呢。

前几天，大熊跟姑娘一起去周边的城市旅游，两人破天荒发了一张合影出来。过去他们很少公开发布照片，两个人都很低调，所以这张合影吸引了大家的广泛关注。照片上姑娘依旧穿着素色的连衣裙，灿烂的笑容，有两颗小虎牙。一旁的大熊，仍旧高大而黑，笑容里依旧眼神温和。有人点评，这是美女与野兽。也有人点评，这是怪物史莱克现实版。他们两个的身后是非常美丽的风景，夕阳温暖。

我觉得大熊的爱情是浪漫的爱情，而且是不多见的圆满的浪漫的爱情。大熊觉得我有些夸张了，不停地强调他跟姑娘都是普通人，所以没什么轰轰烈烈。他这人太过实在，让他说什么最后都变得平淡如白水。可我却总是想起姑娘说过的话，姑娘说很真实的东西，她就敢去相信。这才是大熊跟姑娘感情的真谛，虽然是小小的甜蜜，平淡的幸福，但是因为如此确定，才会让人如此安心啊。

冒险可能是很美丽的事，但我想，生活中，能够张开怀抱，拥抱"小确幸"，谁又能说那是不浪漫的呢？

07 平凡中的"软肋"与"铠甲"

　　有人在网络上提问："爱上一个人是什么感受？"有一个回答很精彩，说："像是突然间有了软肋，也像是一瞬间有了铠甲"。我想这基本说出了爱情的真谛。每个人原本都是一个单薄的个体，当爱上一个人，就多了一份担忧，但也多了一层保护。这种感觉真是奇妙。

　　当我把有关"软肋"跟"铠甲"的这个典故讲给茵茵听的时候，她满脸不耐烦，直接一个白眼翻过来，送我俩字："矫情！"

　　茵茵就是一个爱揭露我们矫情本质的人。她自己相当酷，短发，高个子，走起路来脚下生风。她总是穿一件短打上衣，配一条高腰工装裤，眼神睥睨群雄，很有点当代花木兰的意思。这种帅气的外形搭配标准直男的气质，呈现在一个姑娘身上，还真有点离奇的迷人。茵茵身边朋友极多，尽管她犀利、毒舌，善于吐槽，时常批判我们把时间浪费在太多"形而上"的东西上，可我们还是非常喜欢她，喜欢她身上的那股子酷劲儿。

茵茵说她没有铠甲，可刚刚相识时，我们都以为她浑身都是铠甲。她看起来什么也不害怕，遇到什么也都不皱眉，敢跟上司瞪眼睛讲道理，口头禅是一句"不许后退，就是个干！"工作方面她可以独挑大梁，生活中一个人的日子过得也是井井有条。我们都知道她文能写段子，武能修水管，德才兼备。我邀请茵茵来家里做客，她认为我的空调风力不足，应该是需要清理的原因，于是二话不说搬来个椅子，挽起袖子就跳上去开始拆卸，我惊呼她真是"男友力十足"。她却两手拍拍灰，说："这个啊，小case啦。"

如此刚强的女超人也终于有长出"软肋"的一天。去年年底，茵茵交了个男朋友。对方跟她是校友，一直认识，只是不曾深交。后来两人发现刚好在同一家公司的不同部门内工作，渐渐来往得多了，相互产生了好感，很快牵手成功。也许是为了阴阳调和，刚柔并济，这个男孩白白净净，斯斯文文，有点女孩子的秀气。茵茵叫他小白，我们也跟着这么叫了。小白的脸果然很白，我们开一两句玩笑，他的脸就有点发红。每当这时候茵茵就哈哈大笑着用手去捏小白的脸。小白也不生气，只是推着她说快别闹了。我们看着这一对，感觉很般配，怎么看也看不够。

　　小白很老实善良，尤其心软，这是他的优点，但也是他的弱点。茵茵不得不打点起十二分的精神来保护他那颗赤子之心。有次茵茵发觉小白已经好几天没来找她一起吃饭了，打电话过去，他也只是支支吾吾，像是有什么不能说的隐情。茵茵不喜欢绕弯子，干脆直接出击，冲到小白跟同事合租的公寓去，敲开了门才发现，小白正蹲在屋子里啃白馒头吃。茵茵问他怎么回事，他吞吞吐吐地说，有个朋友问他借钱，说有急用。他想也没想，就把自己的积蓄一股脑拿了出去，结果自己资金短缺，已经到了揭不开锅的地步。因为不好意思让茵茵请他吃饭，他只好闭门不出，每天靠白馒头度日。

　　茵茵听了这话简直火冒三丈，逼问他借给了哪个朋友，借了多少，有没有说清楚什么时候还。小白死咬着不肯说，担心茵茵去帮他讨债，惹得大家都不愉快。他不停地说是他自己心甘情愿借的，何况现在条件虽然艰苦一些，但还不至于饿死的地步，再给朋友一些时间，人家也不容易……

　　茵茵压下自己的火气，问他还打算就这么啃馒头啃多久。小白笑嘻嘻地说，粗略估计一下，怎么也要两个月吧。茵茵又气又急，干脆一把拎着小白的耳朵，把他拎回了自己的家里，然后走进厨房给他做饭。切菜的时候，她恨得把菜板剁得咚咚响，一转头发现小白站在厨房门口，露出一脸惊恐的神色，仿佛电锯惊魂很快就要在自己身上上演。他问茵茵是不是生气了，茵茵懒得说话，只翻了个白眼给他。他就赶忙道歉，说他错了。茵茵说："你知道我为什么生气吗？"小白说："不知道，但是你生气了我就要道歉，这是我唯一的办法了。"

茵茵告诉我们，当时看着小白可怜巴巴的样子，她很快就确定这个男孩子是非常纯真而脆弱的，自己必须保护他，一种母性的情怀油然而生。从那天起，茵茵每天都在家里煮饭叫小白来吃，她烹饪的手艺原本一般，做饭也不讲求搭配，往往是想到什么就做什么。但小白都说好吃，吃得津津有味。这期间茵茵没有问过他朋友有没有还钱的事情，可是自己心里却十分憋闷。她严重怀疑小白被人骗了，并且按照小白的性格，也只能吃哑巴亏。按她的想法，怎么也要跟那位欠债的朋友见一面，把事情弄清楚。可是她不想伤害小白，就忍耐住了。我们很惊讶茵茵的暴脾气居然为了考虑小白的情绪而有所收敛，茵茵无奈地说："没办法，一物降一物吧！"

借钱风波刚刚过去不久，小白又有事情发生，这次是公司里的问题。小白的室友告诉茵茵，新来的部门主管有些势利，看小白平时老实又好欺负，总是要小白加班，苛刻地挑他的毛病，还在会议上堂而皇之地把小白做的策划纳入自己名下，还不做任何解释。其他同事愤愤不平，但无奈都在那位主管的管辖下，为了避免以后被刁难，大家都只是敢怒不敢言。茵茵得知这件事后立刻向小白求证，小白挠挠脑袋，反过来劝茵茵，说没什么，他应付得来。茵茵不用想也知道他就是宁愿自己吃亏，也不喜欢跟别人闹不愉快，只能暗暗咬牙。没想到，很快一个项目正需要两个部门的协同合作，茵茵算是亲自见识了小白的那位上司。

对方是个中年男人，微胖，有点笑面虎的意思。他对着小白呼来喝去的每一幕都清晰地呈现在茵茵眼前，茵茵只感到气血上涌，产生了极强的保护欲，几次恨不能立刻冲上前去跟他好好理论一番。可一看到小白对着自己露出的担惊受怕的眼神，她就不得不又把火气压下来，继续任劳任怨地干活儿。那位主管并没有感受到来自茵茵身上的戾气，继续耀武扬威，甚至对着茵茵部门的人也开始呼来喝去了，而且提出了诸多苛刻要求。茵茵一腔怒火正无处发泄，没想到对方又火上浇油，立刻想要冲进办公室去理论一番。

拍板讲道理，茵茵从来没输过。她口才好，气势足，关键时刻也不怯场，说起话来有条有理，很容易就能讨回公道。曾有人问过，难道就不怕上司生气了以后为难你？茵茵当时的回答是："我不担心，如果真有个心胸狭隘的上司，那这份工作也就不值得做下去了。"她的洒脱博得过满堂彩。然而现在呢？现在她还能够那样洒脱吗？茵茵深吸了一口气。

她首先考虑到的不是自己，而是小白。茵茵想，如果她去找了这位主管理论，很显然，自己并不隶属于这个部门，这次合作过后，她可以安全离开。可是小白呢？世界上没有不透风的墙。如果这位主管知道了自己和小白之间的关系，以后把对自己的不满发泄到小白身上怎么办？小白在茵茵心中是很柔弱的，她不能再给他留下一个隐患，不如眼下还是忍耐一阵。可是刚刚按下心中的怒火，茵茵又开始犹豫起来。她想，如果自己去对那位主管理论一番，打击一下他的气焰，也许会让他以后有所收敛呢？也许小白以后的日子能好过一些呢？但是这只是比较正面的一个可能性，以后到底会如何，她也无法预测。就这么纠结着，茵茵不声不响地思考了很久。

过去茵茵很少这样深思熟虑，瞻前顾后。她总是想到什么就立刻去做。可现在一切没那么简单了，她意识到小白成了自己的软肋。过去她可以天不怕地不怕，但是现在不行了。现在她什么都怕，她怕一切可能会妨碍到小白的人和事。这么想着，茵茵有点难过，她甚至困惑地问我们，这样一来，是不是意味着她要丧失自我了？

我们听了她的这些顾虑之后倒是没感觉出这个危机，反而很为她高兴。显然，小白的存在让茵茵越发成熟起来了。她抱着这种对小白"负责"的思想，开始把事情考虑得更加周全细致起来。一个人有了软肋之后，往往就会快速长大。有朋友开玩笑，说茵茵身上那股"愣头青"式的酷劲儿没有了，的确有点可惜。不过多出来的这股柔和劲儿，倒是让她显得更加可爱了。茵茵显然还不能接受一向被定义为"女中豪杰"的自己被称为"可爱"，立马一个白眼翻过来，转身就走开了。

有人说，小白成了茵茵的软肋，从一定程度上改变了茵茵。可是茵茵的"铠甲"呢？从来也没见过小白照顾茵茵，这样的爱真的是平等的吗？我心里也有一点疑问，不过我向来是个"乐趣至上"者。在我看来，茵茵跟小白两人都因为这段恋情而收获了许多快乐，难道这还不足够吗？有人认为小白配不上茵茵，说这种"女强男弱"的关系很难长久，并问我的看法。我认为局外人没资格妄加评判。不过我也在想，如果茵茵找一个更加"强大"的男友，是否她就会拥有那一件"铠甲"呢？

不久之后，我见识到了茵茵的铠甲。

那天茵茵跟我们一同聚会，因为工作上出了些问题，心情很坏，忍不住多喝了几杯，抱怨的声音也越来越大。小白加班后赶了过来，就陪坐在茵茵身边。我们几次使眼色给他，让他劝着点茵茵，别让茵茵继续喝下去。小白小声说："茵茵心里不痛快，如果不发泄出来，肯定会很难受的。就今天一个晚上，让她放开了喝酒骂人，好在明天是周末，可以好好休息。"

这会儿茵茵已经喝醉了，可还是吵闹着说不想走，就要在这里彻夜喝酒。我们都很尴尬，小白就拉着她的手轻声安慰她，说他会在这里陪她，她想喝多久就喝多久。我们提出要帮忙把茵茵送上出租车，小白婉拒了。他说现在茵茵还不想走，就顺着她的意，再待一会儿再走。接着他又叫我们赶快回家，不必在这里陪着，他一个人就可以搞定。有朋友十分担忧地看着文弱的小白和醉醺醺的茵茵，问他："你确定你可以搞定？"小白笑了，他说："那当然了，我会把她照顾得好好的，我可是她男朋友啊！"

对啊，一直以来，我们只看到了茵茵对小白的照顾，却忽略了小白对茵茵的包容。爱情本来就是两个人的事，茵茵愿意为了小白做出改变，那么小白的付出也不能忽视。他个性温柔，但不代表他就做不来茵茵的铠甲。恰恰相反，他对茵茵的宠爱和关照已经成了最好的铠甲。在他旁边，茵茵可以尽情发泄，喝醉、抱怨、大吵大闹，可以放心让他看到自己最不快乐、最不美的一面，因为他不会离开她。他会陪伴她，保护她，一直保护她。

小白在我们眼中的形象大为改观了，有男生朋友也表示，小白这样温柔的关怀，需要十二分的耐心和细心，是很难做到的。茵茵这身"铠甲"可真不错，经久耐用，靠谱得很。

于是我们就对茵茵说："看看小白，你就得承认，你也有了自己的软肋和铠甲。"茵茵翻了个白眼，毫不留情地说："他？铠甲？我看是软甲吧！"

我们一起大笑起来，小白也笑。小白说："软甲怎么了？武侠小说里说过，软猬甲可是非常珍贵的宝贝呢！"

　　是啊，坚硬的保护壳会让人束手束脚，但碰到合适的人，大概就会成就这么一身软猬甲吧。也许小说中的"软肋"跟"铠甲"都要跨越生死，而生活里没有那么多传奇，偌大世界里能有多少倾城之恋？可平凡之中，简单的忍让和关怀不也很美好吗？在平凡之中爱一个人，也足够了吧。

　　祝福这样的爱情。

Romance needs to be
revealed

后 记

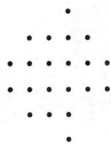

浪　漫　需　要　揭　穿

我在不浪漫的世界这里等你

　　我在朋友圈里的个性签名，叫作"可爱而忧郁"。我喜欢这个形容，认为它够幽默，而从某种程度上说还有些准确。我说，我必须找一个"浪漫而粗暴"来跟我相配。然而现实生活里，真的有浪漫这回事存在吗？

一

　　我以为我是个早早就被现实世界所规训了的人，长到二十几岁，从来没有尝试过叛逆人生。我见过身边的人经历一场声势浩大的暴烈青春，可最终也不过是回到课堂上，回到习题中，回到高考的队伍里。进入大学后的每个人都放松了一点，但是也都颓废了一点。书里写的那种想要改变世界、意气风发的年轻人不多见了，市侩的、精细的人倒是很多。大家除了一场场的聚会，就是面对着所有的实习和活动问出同一个问题："有用吗？"老师骂我们是一群功能主义的疯子，成天只想着赶快增长能力，早日投身能够赚钱的行业里，嘴里喊着"快来剥削我吧"。我想，老师说得真好啊。可惜我也是这其中的一员。找份好工作，踏踏实实谈个恋爱，之后结婚，这是一段平顺而美好的人生。也不知道从什么时候开始，我们都知足常乐了。

谁也不做浪漫主义者，谁也没空做梦。

所以大家都爱看浪漫的小说和浪漫的电影，一边看着粉红的少女心满屏跳跃，一边流利地发出一串吐槽弹幕。大家都说，太美好了，太甜蜜了，但是也太虚假了。现实里哪有这种东西啊？啧啧啧。

我很赞成。于是每当浪漫而甜蜜的事物出现，我的第一反应都是其中有诈。面对甜言蜜语和山盟海誓，我总是跃跃欲试想要揭穿，而且又特别喜欢毁坏"小清新"之后，看见一颗颗破碎的少女心。那时候我就露出电影里反派的那种笑容，得意、骄傲并且悲伤。

有朋友开玩笑说我过于现实，已经开始恐惧"浪漫"

了。我想我怎么恐惧了？只是在讨论该恐惧还是该警惕之前，我们应该先让"浪漫"存在。

你们说对吧？

二

其实我有很独特的爱情观。在我看来，每个人融于茫茫人海之中，都是一个个灰白色的小点。只有遇见那个对的人，彼此在对方眼中才会变成彩色的。于是，两个彩色的人慢慢靠近，最终相拥在一起。这个场景光是想一想都浪漫得不行，如果有朝一日可以拍成电影，想必也会很美。

这是我浪漫的一面。我不浪漫的一面在于，我认为大部分时候，在我们拥抱的人眼中，我们依旧是一片灰白，与芸芸众生雷同。所以最后他们才会离开我们。我从来不说别人抛弃我们，我只会说他们选择离开。一种选择而已。看不到我们的闪闪发光并不是我们的错，毕竟有很多不爱也不是刻意的。不爱就是不爱，谁也怨不得谁。所以寻找爱情的路途是很漫长的，也有人就这么找着找着，一个人过完了一生。若能自我实现，那也没什么不好。

这会儿才刚说着我的真命天子一定会脚踏七彩祥云来救我，那会儿就开始被围攻到底什么时候结婚？为什么还不相亲？年纪大了对象不好找了！年纪大了孩子不好生了！所以很快就由寻找爱情变成了寻找适合一起生活的对象，问对方的经济条件，问对方的家庭背景，猜测对方结婚前愿不愿意做财产公证，结婚后愿不愿意起床做早饭，生孩子以后愿不愿意半夜给孩子喂奶。

这个世界太不浪漫了。

比我小很多岁的妹妹一边比出摇滚手一边对我喊，爱情已死！爱情已死！

我却只能满眼惊恐地看着她，小声说，这个世界真的太不浪漫了。

三

我好像没写过浪漫的爱情小说，从来没写过。我喜欢带着些许恶作剧的意味，把一个故事的前半部分写得轻松有趣，后半部分急转直下，情节忽然扑朔迷离，莫名其妙来很多个反转，男主与女主之间没有真爱。所有真爱的信徒在我的故事里最后都没有什么好的结局。还记得有读者写评论给我，问我能不能给那些故事里的主人公一条活路。我想我有点伤读者们的心了。

从那时候起，我想我需要写一点真实的故事给他们看，写现实里的爱情该是怎么回事。我想向他们证明我没错，生活就是很不浪漫，薄情寡义的人太多，痴心不改的人太少。挣扎着追求真爱的最后都被现实打了一闷棍，从此老老实实，不再把爱情挂在嘴边。所以我才写了这本故事。可写到后来我发现我错了。我发现一切没我想象的那么糟，好像真正美好的东西一直都在。我的确戳穿了一些故作深情的谎言，可我得承认那些最后成真了的厮守。纵然我自己没遇到过真爱，我不能因此就说真爱不存在。过去我太狭隘了。我这样反思自己。

于是现在，我浪漫的一面在于我承认世界上是有真爱的。我不浪漫的一面在于我怀疑每个人获得真爱的机会都是均等的吗？如果是，那么我们还要等多久？谁来估量我们等待之中耗费的机会成本？如果不是，公平本来就不存在，那么我们该怎么办呢？我们这些平凡人，我们这些也想要爱的平凡人，我们该怎么办呢？

四

　　我在做着一件事，就是每天晚上睡前在微博上发布一条歌词。选择哪首歌是随机的，只是每个晚上都会发。很多人问我为什么，其实很简单，我只是想发给一个人看，因为他曾经常常给我的睡前歌词点赞。我很喜欢他，希望他快乐，希望他永远不孤单。我想，如果我每天都发布一条歌词，这样坚持着发下去，等到某一天他再看到，就会想到，虽然这个世界时时刻刻都在变化，身边有人离开，有人加入，可我的歌词还是永远在那里，就像是不会停的钟摆，就像是一种安然生活的标志。如果他很孤单，我的歌词就会告诉他，你看，还有我呀，还有我在这里呀。

　　这可能是一件很浪漫的事，也可能什么都不算。奇怪的是，当我自己在践行这些的时候，我忘了揭穿我自己的"浪漫"。又或许只要碰见了那个对你来说是彩色的人，那么人人都会变成浪漫大师。所以从此以后再别说有人是榆木脑袋，不解风情。若是给他换个人，他反应可快着呢。也别再说浪漫都是虚伪而没用的，生活中没那么多甜头，留下一点还能让我们感动的东西，这还是很美好的。

我们总得被感动吧？总得热泪盈眶，总得相信奇迹，这样才证明我们还活着，难道不对吗？

五

我没有什么恋爱秘籍，没有什么恋爱宣言，我能说出来的只有这一句：我愿意在这个不浪漫的世界里等你。把我的浪漫全都留给你。直到你来。

我想很多人在跟我一起做着同样的事情。

那么，一起等下去吧。